澶渊和盟

大宋帝国 4

葛红兵　高杨　著

上海大学出版社
SHANGHAI UNIVERSITY PRESS

图书在版编目（CIP）数据

大宋帝国 . 4, 澶渊和盟 / 葛红兵, 高杨著 . --
上海：上海大学出版社, 2024. 11. -- ISBN 978-7-
5671-5111-6

Ⅰ . I247.5

中国国家版本馆 CIP 数据核字第 2024DX0987 号

责任编辑　徐雁华
助理编辑　陈　荣
封面设计　倪天辰
技术编辑　金　鑫　钱宇坤

大宋帝国 4：澶渊和盟
葛红兵　高杨　著
上海大学出版社出版发行
（上海市上大路 99 号　邮政编码 200444）
（https://www.shupress.cn　发行热线 021-66135112）
出版人　余　洋
*
南京展望文化发展有限公司排版
江阴市机关印刷服务有限公司印刷　各地新华书店经销
开本 710mm×1000mm　1/16　印张 10　字数 112 千字
2025 年 1 月第 1 版　2025 年 1 月第 1 次印刷
ISBN 978-7-5671-5111-6/I · 719　定价 70.00 元

版权所有　侵权必究
如发现本书有印装质量问题请与印刷厂质量科联系
联系电话：0510-86688678

目 录

一、状元小将 001

1. 深巷 001
2. 释疑 003
3. 红阁 007
4. 柴荣 010
5. 兵法 013
6. 本意 017

二、内忧外患 021

1. 契丹 021
2. 巷战 024
3. 承诺 028
4. 舌战 030

三、下邳之战 035

1. 不速之客 035
2. 细作 039
3. 夜袭 044
4. 重逢 047
5. 复仇 052
6. 谋划飞浪山 054
7. 飞浪山之战 056
8. 救援 060
9. 螳螂捕蝉，黄雀在后 063

四、平定西北 068

1. 赌场巧遇 068
2. 西郊争锋 071
3. 金枪啸西风 076
4. 共同的敌人 081

五、针锋相对 086

1. 瓦桥关沦陷 086
2. 回京 090

3. 赵恒的决定 096
4. 元旦重逢 100

六、挥军北伐 108

1. 定州之战 108
2. 耶律金娥 114
3. 会师澶州 122

七、澶州之战 131

1. 逃离逐城 131
2. 神箭李星开 140
3. 澶渊之盟 146

一、状元小将

1. 深巷

作为连接南北、贯通东西的交通要道,华州的下邽城历来便是华州的军事重镇。这里的街道人来人往,小商贩们的吆喝声更是此起彼伏,整个大街一片繁荣热闹的景象。然而,谁也没有注意到,在热闹的大街分支出来的一条僻静的小巷子里,几个看起来强壮一点的孩童,在追打一个瘦弱的小孩。

几个看起来十来岁的孩童将那个瘦弱的小孩围在角落,其中带头的那个孩童,衣着华贵,身材高大,其他的四个孩子站在他的身后,一看便知是他的一群跟班。"寇准,你个不知天高地厚的东西!"带头的那个小孩对寇准怒目而视,"我赵小虎答不上来的题你还敢给我回答,你说你不是找死么?你老爹还活着的时候不也就是我们家的一个小文书吗,还敢在我面前耀武扬威!"

"不许说我爹!"一听赵小虎欺辱自己过世的父亲,寇准气得双目瞪圆,一跃而起,挥拳向赵小虎打去。寇准身材瘦小,可那愤怒

第四卷 澶渊和盟

的双眼却犹如猛虎!寇准的这一举动着实将赵小虎吓了一跳。

可赵小虎毕竟是华州使赵炎的小儿子,接受过正规的武术训练,虽然被寇准怒视的双眼震慑住,可身体的反应还是没有落后,只见他身体稍稍后倾,抬起右脚便向寇准胸口飞踢出去。寇准本来就身材矮小,刚挥出拳头还没来得及够着赵小虎的脸,就被赵小虎那一脚踹到了墙边,又跌落到了地上。

赵小虎这一招引得他的四个跟班一阵兴奋,连连叫好。他们望着趴在地上灰头土脸的寇准,一拥而上,对着寇准瘦小的身体一阵拳打脚踢。可怜的寇准抱着脑袋蜷缩在墙边,承受着接连不断的伤痛,可他的双眼依旧瞪得浑圆,在努力克制自己不让眼泪滴落下来。"行了,别打了,好像有人来了,我们快走。"警觉的赵小虎似乎听到了脚步声,向巷尾望去,看见一个身影正在接近,谨慎的他决定先撤,"以后再慢慢收拾你。"赵小虎留下这么一句话,带着四个跟班快步离开了。

不管来人是谁,他救了寇准的小命。也幸亏那几个小跟班还没学几天拳法,他们力气也不算大,寇准的身上只是多了几块青紫的瘀伤,只有被赵小虎踢到的胸口疼得厉害,得好些时候才养得过来。检查完自己的伤势,寇准缓缓地坐了起来,依墙低着头,慢慢地揉着胸口被踢的部位。他想等着这来人向他投完同情的目光离开后,自己再站起来走回家。他正思考着该怎样度过接下来艰难的学堂时光,那来人却在寇准面前停了下来。

"你好像需要帮助啊,小伙子。"来人对寇准说。

寇准望着来人,那人三十岁样子,身材高大,体格强健,一身淡蓝色布衣,剑眉虎眼,眉宇间散发着一丝正气,让人不禁生畏。寇准看了这人两眼,被此人的气质震惊得半晌说不出话来,结巴道:"没……没事,谢……谢大人关心了。"

那人倒也没理寇准的客套话,反倒伸手捏了一下寇准手腕内侧,说:"呵,小兄弟不必多礼,在下姓柴,名熙,你若不嫌弃可以叫我一声柴大哥。柴某也是习武之人,看小兄弟胸口之伤绝非三五日便得恢复,正巧柴某家中也常备一些跌打损伤的药物,若小兄弟信得过柴某,可到柴某家中稍作休息,柴某给你一些药酒,以免伤势扩大,往后难以治愈。"原来这柴熙是仔细把了一下寇准的脉。

寇准心想这柴大哥倒是一番好意,自己这伤也实在疼痛难熬,可眼看日落西山,家中母亲必然是盼着我早早回去吃饭的啊。

柴熙看寇准犹豫,倒也不再坚持,想了一想,说:"若小兄弟今日不方便,倒也无妨。可这伤口瘀青处三日之内必须上药,你若得空,可三日之内到城北红阁找我,跟小二说'找柴熙'便可。"说完抱拳作揖,便要离去。

寇准赶紧说:"谢谢柴大哥!"

柴熙朝寇准微微一笑,扭头便走了。只见那柴熙身材高大却步履轻盈,三五步便消失在巷尾处,没了踪影。寇准望着柴熙消失的地方愣了半晌才回过神来,喃喃自语"城北红阁",便支撑着爬了起来,挪动着回家去了。

2. 释疑

寇准内心是杂乱的,心想着:这柴熙到底是何许人也,又为什

第四卷　澶渊和盟

么愿意帮助自己？家中困难，肯定是没钱给自己买药酒治病的。哎，母亲在家中又该等着急了吧，可看到我这副样子回家，不知会受多大的惊吓，该如何跟她解释呢？若实话实说，又该让她徒增烦恼了。寇准眼看快要到家了，还是拿不定主意，很是烦恼。

"给我站住！"这时候身边却有一阵嘈杂的声音传来，"抓住他，别让他跑了！"寇准定睛一看，原来是两个衙役在合捕一个窃贼，和窃贼厮斗了一番，最终抓住了那人。寇准倒也是一片童心，这热闹看得是激动得手舞足蹈，一时忘了伤痛和烦恼。看衙役拉扯着带走了窃贼，寇准突然心生一计，"哎，就这么说！"于是，他高兴地回到家。

寇准还没进家门，就远远地看见母亲在门口站着，焦急地皱着眉头向四处张望，额头有汗珠滑落，一缕半白不白的头发在风中上下挣扎着。看这情景寇准差点落下泪来，可定了定神，权衡利弊，故作镇定地朝母亲走去。

寇母终于看见了儿子，赶紧迎了上去。寇准的父亲去世得早，这给本来就贫穷的家庭更加沉重的一击，家庭的担子落到了寇母身上。寇母只能靠给人做一些针线活、上街卖蔬菜维持生计。刚年过四旬的她就有了白头发，脸上的皱纹也多了起来，开始略显老态。可这家庭重担并没改变丈夫死前的遗愿：让寇准读书，别没了家风。寇家世世代代都是书香门第，虽然日子贫苦，可文人墨客倒真出过不少。寇准父母一心想让他多读书，最后能在朝廷之中谋个一官半职，可以光宗耀祖。

"平仲，你怎么才回来，"寇母家教倒也算严格，她以为儿子玩

一、状元小将

心太重不愿回家,刚想说道几句,就发现儿子身上、脸上多了几处瘀青,大惊道,"平仲你怎么回事,怎么成了这副样子,你跟人打架了?"

"娘,你想哪去了,我是那种成天跟人打架的人吗?"寇准故作镇定地说,"我啊,是去做好事啦,走吧,先别在门口站着了,咱回家说。"

寇母只好挽着儿子回到家中。寇家位于下邽城东,是这片众多民居中的一所,三间瓦房一个小院,小院中种了些瓜果蔬菜,一个古朴的大缸安放在角落。两人慢慢走进屋内,寇准看见母亲早已准备好了晚餐,小圆桌子上放着两碗清粥,一盘小菜,三个馍馍,一碟咸菜。寇准让母亲坐下,两人边吃边说。

"娘,你多心啦,我啊,是刚才做了好事!"寇准还没等母亲追问,赶忙抢先说。

"做好事还能把自己搞成这样,到处青一块紫一块?"寇母更加疑惑了。

"真的是好事,刚才啊,两个衙役抓捕一个窃贼,眼看窃贼就要逃跑了,可那个窃贼竟然朝我这边跑,我想也没想就抱住了他,帮衙役抓住了他。可惜在跟窃贼纠缠的时候被他踢打了几下,不碍事的。"寇准赶忙解释道。

"唉,平仲,你……,你一个十一二岁的少年逞这个强做什么,还好那个窃贼没有对你动刀子啊,不然你让为娘孤苦伶仃一个……"说完,寇母低下了头,又是生气,又是后怕。

寇准心里很不是滋味,可他知道不能说出自己是被同学欺负的,不然只会让母亲每天担心而又束手无策。寇准想了想说:"孩儿不孝,当时没有想那么多。受了伤,让母亲担忧了!"

"罢了罢了,明日我去街上卖点东西,给你买点药酒,赶紧吃饭吧。"寇母也没办法,只想着还好孩子没出大事。

寇准赶忙说:"刚才两个衙役大叔跟我说了,为了感谢我帮他们抓住窃贼,补偿我受的伤,这两天可以去衙门拿点药酒。娘,这您就别操心了,明日我去拿点药酒涂抹一下便是,虽然身上有几块青肿,可倒没有伤及筋骨,涂点药酒几日便痊愈了。"

"也只能这样了,那你明日去吧,治病不可耽误。"寇母点点头,这才放下心来。

吃罢晚饭,就像平日一样,母亲做起针线活,寇准则研读起《春秋》三传,寇准喜好读书,也算是受了父亲的影响。虽然父亲去世得早,可父亲生前留下的教导寇准无论如何是不会忘却的,父亲不止一次地告诫寇准要多读书,要做忠义之士。每次捧起书来,寇准总会想起小时候的事情,其实他最初对读书是又爱又恨的,读书虽然能增长知识,可也给家族带来了贫穷。父亲持家时,武贵文轻,家中几代人没有出过一个会点武功的人,个个都是羸弱书生。父亲虽有大学问,也只能在一个武官家中做文书,赚点饷银养家糊口。然而时代变了,当朝皇上竟然开始崇文,登基没几年就实行"开卷有益"的政策,这也彻底改变了他们家族的地位。虽然父亲去世了,可自己不会再犹豫是否继续走读书的道路,因而寇准也对当朝皇帝充满了感激之情。寇准年纪虽小,可他明白,当年武盛文衰,国家照样动荡不堪,老被外族人欺负。和平之道,也许真的就

一、状元小将

在书中。

3. 红阁

城北红阁,是下邳城北的一间酒楼,地处偏僻,装修朴素,但却以美味的菜肴吸引着四方来客,可以说是下邳城有名的酒楼之一。然而此时的红阁门前,一个脸上身上都有青肿的小孩正在踟蹰不前。思考许久,他终于还是走了进去。

"哎,请问小兄弟,请问您……"小孩刚进门,一个小二模样的年轻人便马上迎了过来。

"你好,我叫寇准,来找柴大哥……"寇准还是鼓足了勇气,来找这个只有一面之缘的好心人柴熙。

"哦,原来如此,好好,请跟我来。"小二一听,恍然大悟道。他先四下观察了一番,便转身带路,示意寇准跟上。

寇准跟着小二穿过酒楼,从红阁后门离开,来到一个小巷子,歪歪曲曲拐了几个弯后竟然来到一座大宅院前面。宅院外表普通,却又围墙高耸,一块匾额挂在正当中,上书"周"字。小二上前敲了敲大门,一个大汉的脸从门上的活板小窗中微微探了出来,小二忙说:"来者寇准,寻柴大哥。"小二说完,大汉的脸便消失了。

"也许是通报去了吧。"寇准心想。此时寇准的内心疑惑极了,既忐忑又害怕。他觉得这个红阁和周宅都有蹊跷,害怕自己正在接近一种危险,这种危险可能会要了他的命,可他又总感觉柴大哥不是坏人,最起码他是寇准遇见的仅有的几个愿意帮助他的人。他现在更无路可退了,他需要药品来治疗自己的伤,也要圆跟母亲撒下的谎,还想要逃离那个可怕的课堂,那里虽然有知识,但更有伤他的人!所以他今天才瞒着母亲,瞒着先生,来到这个地方。

"哐"的一声,大门打开了,小二和寇准依次走了进去。刚走进大门,彪形大汉就把大门关了起来。映入眼帘的是一个大厅,小二带着寇准穿过大厅,眼前出现的景象着实把寇准吓了一跳,这里竟然有个练兵场!几十个人在那里活动着筋骨,有练剑的,有耍枪的,有打拳的,男的女的,大人小孩,寇准为眼前的景象所惊奇,停了下来。不过,这里的人却仿佛没有看见他们,仍自顾自地操练着,只有几个像寇准这么般大的孩子也在惊奇地看着他。

"走,跟我来。"小二提醒了一下寇准,带着寇准,沿着武场的墙边穿了过去,来到一排平房前面。走了一路,小二终于在第一排房子的第四间停了下来。"柴大哥就在里面,我还有事就先走了。"说完,小二扭头原路返了回去。寇准看他离开,回过头来犹豫地敲了敲门。

门开了,是柴熙。"来,寇小兄弟,请进。"柴熙说,"坐在这里,把衣服脱下来吧。"指了指他身前的圆椅。

寇准看见桌子上摆着的几瓶跌打损伤药,也便不再疑惑,在椅子上坐了下来,脱下了长衫。

"很疑惑吧,"柴熙一边在寇准胸口和身上的瘀青处施药酒、缠布带,一边说,"看到此景,会想我到底是谁,为什么要帮你,对吧?"

寇准慢慢点了点头。

"寇小兄弟,你可知当今之形势?"柴熙问。

"略知一二,父亲当年说过'读书人读在书外',因而他在世时

一、状元小将

常跟我说天下之大势,学堂里也偶尔会听到一些。"寇准回话说。

"你觉得我们大宋王朝是否真如表面这般,已经历经完了战乱,进入太平之世?"柴熙又追问。

寇准低下了头,想了想说:"并非如此吧,其实说内忧外患也不为过。"

柴熙听后大惊,说:"你都能看得出来了,看来我们大宋王朝真是风雨欲来。那我再问你,你可知这外患在哪方,内忧又从何说起?"

"外患在北方,辽军势力庞大,契丹人又生性好战,再来侵略只是时间问题。内忧的话,朝廷势力党派林立,民间的地方势力残余强大,他们不满朝廷处处忍让求和的政策,早晚也会揭竿而起吧。"寇准似乎早就对局势有了了解,说起来头头是道。

"没想到你年纪虽轻,知道的还真不少,那你刚才这一路走来,对'我们'有什么了解了吗?"柴熙听后道。

寇准一愣,小心翼翼地说:"想必您就是所谓的民间的'忧患'吧。"

柴熙听后哈哈大笑,帮寇准把最后一点布带扎好,面带笑容地问道:"那你觉得我为什么要救你?"

寇准皱了皱眉头,想了想说:"我刚才看庭院里还有很多与我年纪相仿的少年,而民间力量既然要'揭竿而起',力量的壮大是必不可少的。救一个少年,也许能拉拢到一个家族,柴大哥救我,是想让我为大哥效力吧。"

柴熙听后却极为平静,站了起来,走到窗边,向外面正在一板

第四卷　澶渊和盟

一眼训练的孩子们望了过去,说:"你说得对也不对,其实,他们大多都是孤儿……"柴熙停顿了一下,仿佛陷入了沉思。他又看了看寇准,接着说,"有的时候救人或者说帮助别人,不需要那么多的理由,如果你有帮助别人的力量,看见一个小孩儿被欺负或者要被杀害,你会不出手相救吗?我当时见到你,看见你那浑身伤痛靠在墙边的样子,我只是想帮助你,给你施点药,没想过什么'这小子日后将为我所用'。"

寇准听柴熙说着,起初是紧张,但当他听到柴熙说帮人不需要理由时,开始钦佩起这个大哥来了。当他最后说"这小子日后将为我所用"时,惟妙惟肖地模仿着阴暗之人的模样,寇准终于忍不住笑了,以至于伤口发作,疼得眼泪流出来。

柴熙也微微笑了起来,说:"不过你说的也有对的地方吧,寇小兄弟,你可知柴荣不知?在下不才,便是柴荣的长孙。"

寇准这下笑不出来了,眼睛瞪得圆圆的,吃惊得张大了嘴。

4. 柴荣

"吱……吱……",柴熙的房间内此时安安静静,任凭蝉恣意鸣叫,外面操场上训练的人们不见了踪影,估计是各忙各的去了,柴熙和寇准两人对视着却不再说话,各有各的心事。

"柴荣"这个名字早已家喻户晓,寇准又怎会不知呢?柴荣当年可是叱咤风云的人杰,曾豪言"十年开拓天下,十年养百姓,十年致太平"。建大周,虽然仅仅在位五年,却立下了无数丰功伟绩。他有勇有谋,当年契丹来犯,地方势力全部保全自己,只有柴荣带

一、状元小将

兵北伐,将契丹人打回北方,维护了汉人尊严,不过也正因此,导致自身实力锐减,然而柴荣的事迹传诵至今。

让寇准想不到的是,这个救他的大哥竟是柴荣的长孙。他瞪大眼睛看着柴熙,仿佛想在他的身上找到柴荣的英姿。

"别看了,我比不上我爷爷。"柴熙把脸偏向一边说,"我比不上爷爷他老人家啊,也没办法实现我爷爷和父亲重整江山的愿望,我只能辜负我的长辈了。现在我的实力你也看见了,我能做的也就是多救几个像你这样的人。"

寇准望着柴熙,一种英雄末路的感觉涌上心头。是啊,柴熙的成长之路可能比自己还要艰难吧,他自小就背负太多东西,然而要到达的所谓的目的地,也许是根本不存在的地方。

"对了,要不要留在我这里学点东西,反正学堂你也回不去了吧。"柴熙望了望寇准说。

"可是我还想学东西。"寇准想了想说。

柴熙听后不假思索地说:"我保证这里的教育比你的那个学堂要好,从《春秋》到兵法,孙先生都能教,而且到了科举的年纪,你们都要去参加。平时几个师傅也会练练武术,如果你觉得自己适合练武也可以专修这部分,不过我看你不像是能练武的。"

寇准听后也就不愿再细想了,既然这里可以学习、读书,并且还可以学武,最主要的是,自己可能真的无法再回到那个学堂了。寇准答应道:"好吧,让我留在这里吧。"

"好,那你今日便回去跟你娘交代一下,就说要换个学堂读书,而且我们这里不会收取银两,也可以省下你们的钱来。"柴熙

第四卷 澶渊和盟

说道。

寇准点点头,离开了屋子。他望了望没有人的操场,感觉到了自己人生轨迹的改变。他搞不清这种改变到底是好是坏,但也感到很无奈,因为在这个时代,像他这种阶层的人没有多少选择的余地。然而他不知道,屋子内的柴熙,也在托着下巴望着他离开的背影,平日开朗的脸上竟然浮现出一丝诡异的微笑,自言自语道:"你也要帮助我实现我的计划啊,寇准。"

寇准没有直接回家,先去书院跟先生道别,说是母亲帮自己转到别的书院去了,然后回到家便告诉了母亲那套说辞。这套说辞他想了一路,其实解释起来没那么复杂,总之也算是说了实话。寇准告诉母亲他和几个学子有矛盾,人家是大家大户,逼迫先生让他退学。先生虽看不过去但也没办法,就让寇准跟着城北的一个先生继续读书,学费什么的还可以少交点。母亲虽然难过倒也确实没什么办法,还说得好好谢谢先生,到了城北也得努力读书才行。寇准连连点头,长长地舒了一口气。

吃过午饭,寇准便又回到了周宅,这次他跟小二打过招呼便径直穿过红阁,自己寻路进了周宅。门口的彪形大汉叫潘大哥,让寇准直接走到最后那排屋子中央的大房子里,孩子们已经开始上课了。寇准毕竟好学,听完便飞也似的跑了过去,跑到那间大屋前面,稍稍犹豫了一下,推门进去了。先生手里捧着一本书,正襟危坐在椅子上,十几个他这般大的孩子围坐在先生面前,孩子们惊讶地看着这个陌生的面孔。可让寇准更惊讶的是,里面竟然还有几个女孩子,这个学堂竟然有女孩子在读书。先生瞪了寇准一眼,问:"你是今天刚来的?"

寇准对先生鞠了一躬,细声说:"我是寇准,字平仲,以后就拜托孙先生教授了。"

先生点了点头,说:"好,那你先去找个位置坐下吧。"说完便重新端起了手中的书本,念了起来。念了几句又看了眼寇准说,"现在在读《春秋》,你可跟得上?"

寇准回答说:"谢谢先生关心,寇准自小便读《春秋》,已经熟读过了。"

孙先生闻罢点了点头,便又自顾自地读了起来。孩子们听寇准这么一说,对这个新来的人多了几分好奇,好几双眼睛都偷偷地瞄着他。

5. 兵法

孙师傅对于《春秋》的研究很深,他的断章逐句让寇准受益颇丰,寇准很快便跟上了先生的节奏,融入进了这个学堂。下午的学习分成了三个部分,先研读经典,再看兵法,最后是跟一个武法师傅学习武术。这是他在休息时从一个胖胖的男孩那里得知的。胖男孩在先生宣布休息之后便把脑袋扭向寇准,自顾自地说:"然后就是看兵法了,虽然比《春秋》有意思多了,可是也好难啊。你好,我是张正。"

这里比原来的学堂和睦多了,有学子主动来跟寇准说话让他没了尴尬,他赶紧看着张正回道:"真的还要学兵法啊,可我对此一点不了解的。"

"那你肯定不知道一会儿还要练武术咯。"张正看着寇准,瞪着大眼睛。

寇准更是云里雾里,疑惑地说:"我也要学吗?"

张正马上答道:"当然了,这里的每个人都要学,哎,我也最犯愁练武术了,好累。"

寇准听后五味杂陈,喜忧参半。练好武术日后也许就有了保护自己和母亲的能力,可他也开始为自己的未来感到担心。他是尊敬当今皇上的,不想叛国,如果没有他的"开卷有益",自己根本不会有任何出路;他也不会忘记父亲的教诲,做忠义之士。然而这个帮助又收留自己的柴大哥却对自己有恩情,"不过我以后就算为他做事,也绝不能有违自己的原则,但自己又能有多大能耐呢,想这些不过是庸人自扰"。寇准这么想着,苦笑了一下。

张正看不出寇准的心思,以为寇准也是为武术一事犯难,随即便拍了一下寇准的肩膀,聊以安慰。这时候孙先生进来了,把一张军事地图摆放在架子上,展示给大家看。

"欣悦,说说这个情况吧。"孙先生打开图,竟然让一个女孩来讲解。

女孩子衣着朴素,穿普通的淡灰色麻布裙,但是皮肤白皙,面容姣好,特别是她的眼睛,大而明亮,头发简单地扎成一个发髻,十二三岁的样子。寇准很少见过女孩,长得这么漂亮的女孩他更是第一次见到。然而女孩对先生的回话更是让他目瞪口呆,只听她用轻柔但坚定的声音回答说:"这是一次围城战,攻方在城四面三十里外安营,城池东面三十里和北面三十里是主要驻地,因为这两

一、状元小将

面地势平坦,适于大军进攻,而西面和南面兵力较少。他们主要依靠地形,如果是依靠弓箭手,城中兵力很难从西面和南面突围。单从地图上的情况来看,攻方似乎有极大的优势。"欣悦这边讲着,坐在寇准身边的张正调皮地朝寇准眨了眨眼睛,仿佛在说着什么。

孙先生听后点了点头,说:"嗯,说得不错。严师齐,如果你是进攻方,你怎样在损失最小的情况下拿下这座城?"孙先生指了指一个身材高大的小伙子,寇准感觉他有十七八岁了,是这里比较大的一个男孩。他的衣着也非常朴素,一身素蓝布衣,国字脸,皮肤黝黑,年纪轻轻的他已经是身强力壮了。寇准一脸疑惑地看了张正一眼。张正很机灵,知道寇准在想什么,便悄悄把身子侧了过来,低声说:"他说他才十四岁。"

严师齐想了想,用浑厚的嗓音说:"集中兵力,分别从东面和北面联合进攻,逼迫敌人投降,或者逼迫他们从西面和南面突围,弓箭手和骑兵埋伏在城外,遇敌掩杀。"

"很好,不错的办法。"孙先生听罢便说,欣悦和其他几个学生也都赞同地点着头。孙先生接着问,"李哲贤,如果你是防守方,有没有计策应对?"

李哲贤跟寇准很像,也是一副文弱书生的样子。身穿灰白布衣,样貌英俊,他想了想,摇头说:"毕竟被四面包围了,突围硬拼似乎没什么胜算。但我们城墙坚固,也没那么轻易可以攻破,如果敌人是越千里而动干戈,死守到他们粮草尽了,这也是一个办法吧。"

孙先生听后稍微点了点头,说:"嗯,死守。似乎只能这样了。"说完他环顾四周,视线停留在寇准的身上,问道,"寇准,你有什么

第四卷 澶渊和盟

看法?"

寇准略微吃惊,没想到先生会叫到他。大家都齐刷刷地看着他,仿佛想多了解一下这名新人。寇准有点紧张地说:"先生,我之前只是略读兵书,没有学习研读过兵法,所以可能不太懂。我从图上只能懂阵营,能不能告诉我对峙双方的人数呢?"

学生们听后有的微微一笑,有的摇了摇头。孙先生倒是很耐心,回答说:"在野的一方,一个营房代表一万士兵,在城的一方,一个哨塔则代表一万士兵。"

寇准观察了一下,东面、北面各有十万兵马,而西面、南面则各有五万兵马。城池中,东南西北共有十个哨塔,也就是说城中只有十万兵力。他想了想说:"三十万大军对阵十万驻城守军,看似兵力悬殊,其实不然,特别是分散四面围城,这种攻城方式在我看来相当糟糕。"

孙先生听后说:"唔,此话怎讲?"

寇准接着说:"这种布阵方式欠妥,硬攻的话短时间内应该难以攻下,并且会死伤无数,而只要这座城池之外有任何援救,一个里应外合,这四面围合之势就会逐个击破。因而围城不见得是很好的办法。如果让我进攻,就先劝降,再城下邀战,不行再佯装合围,安排一点兵力围住四方,再向邻近一座敌军城池散布消息,便可安排大军埋伏在援军必经之路上,待援军来时一举歼灭。城中哨兵望见战火必知援军已到,待他们出城门接应之时,合围之兵且战且走,引导到大军前合力击杀便可。"

孙先生听后大喜,心想这小子真有谋略,没读过多少兵书便能想透这么多道理,便点头说:"不失为一个好计谋,那被困之军怎样抵挡?"

"被困之军也要根据情况来,如果附近有援军,死守到援军来便可,但要与援军里应外合却有另外计谋,实在不该追敌而去,这很容易落入敌人的埋伏。应夺后路,趁敌军主力与援军周旋之际,举主力冲向敌军来的方向便可,占领一方营地。敌军见撤退之路被堵,营房被占,必无暇再战,回身袭来,再用里应外合之计,与援军合力攻击逃窜之敌便可。"

讲完后,孙先生微笑地点点头,大家则目瞪口呆,怎么也没想到这个新来的其貌不扬的少年竟然有如此周全的计谋。张正等几个学子对寇准产生了敬佩之情,也有几个少年对他产生了嫉妒之心。

6. 本意

孙先生教授完兵法便让学子们去操场准备习武,大家结伴从书房向操场走去,这一路上他们也让寇准更多地了解了周宅。

"咱们属于民间势力,你知道吗?"张正悄悄地跟寇准说。

寇准点了点头,说:"柴大哥对我有恩,我在原来的书院待不下去了,便来了这里。"

张正说:"这里的大部分人原来都过得比较惨,有的快饿死了,有的被官员或其他势力迫害,有的被仇家、债主追杀,而柴大哥本来就有些势力,我们中的很多人都是他解救回来的,然后在周宅里过着隐姓埋名的生活。"

第四卷　澶渊和盟

寇准听后皱了皱眉,马上又问:"那他们都做些什么?"张正告诉他,那些不能在江湖上走动的人就驻守周宅,在这里做一些活。有的在红阁,有的在溢香楼,还有的在丰源茶庄,还有些人可能在其他地方,总之都是柴大哥的势力。

"那要我们做些什么呢?"寇准又问。

"这里的人没人知道,但是我能猜到几分。"张正突然疑神疑鬼起来,这让寇准对这个小胖子又重新审视了一番。接着说,"我们中能文者参加文科举,能武者参加武科举,录入者便可去做官。"

他是想让我们当他安插在朝廷之内的细作!寇准被这个突如其来的真相震惊到了。突然,纠结着的他感到一丝柔美的目光正在注视着他,是欣悦。她盯着寇准看了两眼,发现寇准注意到了这目光,索性报以微笑。寇准望着她,也报以浅笑,心里却想着:真是庸人自扰。自己到底能不能中举还成问题,即使中举后当一个芝麻绿豆的小官又能帮到柴大哥什么呢,顶多就是对他的民间势力睁一只眼闭一只眼罢了,先在这个周宅立足下来才行啊。

"怎么样,漂亮吧?"张正看着寇准,幽幽地说,"她姓柴。"

寇准听后彻底愣住。张正接着说:"是妹妹,但似乎不是亲的。"回想起刚才欣悦那暖暖的笑容,寇准打了个冷战。

"咱们这有三个女生,欣悦、柳竹、晓熙。三个都挺好看的,干吗老盯着欣悦呢。"张正朝寇准眨着眼睛说道。他们走到了一个武场,武场中央有一个小擂台,边上则是兵器架,上面有形形色色的兵器,远处有几个稻草人,还有几个木质人偶,似乎是练习拳法时用的。最远处还有射箭的地方,那里树立着几个靶子,估计外人从

一、状元小将

这个小巷子外经过,怎样也不会想到里面会有这么正规的武场吧。

这时候一个中年汉子走了过来,只见他着一身黑衣,留一脸大胡子,脑袋上倒是没几根头发,黝黑的脸上也不知是皱纹还是刀疤,横七竖八地挂在脸上,一看就是饱经沧桑的人。寇准心想如果这人行走在大街上,任谁看了也会吓一跳,要是让衙门的人逮去,案底肯定能搜出几大箱呢。

学子们都毕恭毕敬,鞠躬道:"周师傅。"寇准便也附和着。周师傅眼尖,一眼就看见了人群里的寇准,用浑厚的声音说:"有新面孔么,报上名来!"

寇准早就明白了习武之人和读书之人不太一样,今日终于见到了这正宗的习武之人,着实不适应,结结巴巴地说:"在……在下寇准,以后承蒙周师傅关照了。"

"哈哈哈哈,让我关照你,那你以后有罪受了。"周师傅听罢哈哈一笑,边说边挽起了袖子,学生们也都哈哈笑着。

寇准尴尬地赔着笑,又不自觉地望了一眼欣悦,只见她也在笑着。跟欣悦在一起是便是柳竹和晓熙,这两人论相貌比欣悦逊色几分,虽然五官端正,明眸皓齿,可柳竹偏矮,晓熙肤色偏黑,也怪寇准女孩见得不多,一眼便相中了欣悦,可他也明白欣悦姓柴,还是离她远点为妙。

"不说笑了,还是继续练习之前的拳法招式。"说完,周师傅望了一眼寇准,叹了口气继续说,"你这也太文弱了,会扎马步吗?"

寇准无奈地摇了摇头,学子们的脸上再次浮现了笑容,这里的大部分孩子从小就学武功,寇准的窘境他们根本就无法理解。

第四卷　澶渊和盟

"连一个马步都不会扎。"严师齐更是心直口快,对寇准不屑地说,"一个书生当将军,我可不敢跟着这样的将军。"重武的观念早已扎根在人们的内心深处,短时间内确实是无法改变的。

"那你先围着操场跑两圈吧,跑完了我找个人教你一些基本动作。"周师傅无奈地看了看寇准说,寇准也就只好灰头土脸的一个人跑圈去了。他心想:估计自己羸弱的形象在他们心中是无法改变了。正想着,欣悦的脸又跑到了寇准的脑海里,寇准害怕地赶紧摇了摇头。他一边跑一边自言自语着:"这个地方怎么会让女孩读书,甚至还练武、研读兵法,难以理解啊,这都是柴大哥复国大业的计谋吗?"

"过来吧。"周师傅看寇准跑了快两圈便招呼他回到练武场。随后他让欣悦教他扎马步。

寇准心情复杂地朝欣悦走去,步子迈得慢了下来,身上的伤似乎又疼痛了几分。他望了一眼远处的夕阳,希望它快点坠落下来。然而寇准不知道,这一望,便是五年。

二、内忧外患

1. 契丹

五年后,辽国。

"嗒嗒……"契丹铁骑,犹如山倾之势,冲破黄沙,踏出草原。这是又一轮的屠杀。契丹人在耶律隆绪的带领下,从边境守卫薄弱的一个关卡冲了进来,又像风一般席卷了附近的一个村庄。他们依仗着自己强健的身躯、锋利的弯刀,一个个手无寸铁的村民只能任其宰割!

杀声、喊声、悲鸣声,这个平时安静祥和的村庄转眼变成了人间地狱!一个孩子呆呆地站着,看着眼前发生的一切,不明白大家怎么了,这些威武的壮汉仿佛从天而降,而那些熟悉的大叔、大姨一个个都被砍翻在地。他正想着,突然一把尖枪从身后贯穿了他的胸腔,自己仿佛蚂蚱一般,被那大汉甩来甩去,头晕目眩,分不清大地与天空,只有一阵阵奸笑不知从哪里传来。一声大叫传来,他被抛了出去,目睹着那个大汉的头颅被一名身着银亮甲,后披白虎袍,手拿金色大弯刀的少年砍去。

这个威猛英俊的契丹少年便是当今辽国的皇帝耶律隆绪,他大声吼道:"不许虐杀妇女和小孩!"他砍死了那个枪挑小孩的契丹武士,这让几个凶悍的契丹武士不满。在他们眼里,耶律隆绪如同为了猪狗杀害了自己的兄弟,然而他贵为皇帝,又有八名死士围绕在身边,所有人都敢怒不敢言。

耶律隆绪有他自己的考虑。他很喜欢汉族文化,也喜欢汉人的气质和中庸之道,然而他更是契丹铁骨铮铮的汉子,母后萧太后的指令他更是不能违抗。这次他带兵来袭只能算是一场演习,烧杀抢掠反而是其次,以虐杀为乐不符合军纪,他不能让这种粗俗的娱乐方式在军队中弥散,这将会对他日后的大计不利。

"结束了,撤!"他望了望四下,下达了撤退命令。

经过一段时间的训练,契丹勇士变得服从命令起来,不再像原来那么散漫自由,不再贪恋杀戮和掠夺,一拉缰绳便转身撤退。这俨然是一支正规军队,这支军队让任何人见了都会胆寒。

回到王寨,首先开大门迎接的便是萧太后。

"哈哈,吾儿大捷而归!"萧太后年过五十,但却愈发精神,看着耶律隆绪带兵的模样感到自豪不已。耶律隆绪骑马到萧太后身前,翻身下马单膝跪拜,然后挽着萧太后的手走进寨中。

"母后别来无恙?"耶律隆绪看了一眼萧太后,怕她年老的身体感到不适。

"这里一切都好,倒是吾儿,几日不见,又威猛了几分,带兵之法也有所见长!"萧太后拍了拍耶律隆绪的后背,看到日益强壮的

二、内忧外患

儿子,更加高兴了起来。

"这次可有收获?"萧太后把放在耶律隆绪身上的手收回,向着南方远眺。

"攻打了几个城防,儿子发现瓦桥关可作为突破之处。瓦桥关地理适宜,便于粮草押运,且关前平整开阔,适宜铁骑横扫,出关后也可迅速往南,占领重要关卡。宋人矮小柔弱,骑马砍杀技巧实不比我大辽。如此一来,步步为营,宋朝土地皆归我契丹所有。"耶律隆绪答道。

萧太后满意地点了点头,拉着儿子的手在营寨之中安坐,待下人斟满饮品,便说:"很好,如此一来,只要将骑兵队伍壮大起来,你再好好操练他们,不出几年,辽国大军可横扫南方。"

原来正如寇准所预料的,辽国早已在招兵买马,气势汹汹,萧太后的南下计划终于开始实施。萧太后是一个野心勃勃的女人,她摄政后最觊觎的便是大宋的河山,她渴望入主中原,摆脱贫瘠荒凉的北方,最终达到南北一统,因而开始了这个长达数年的计划。她要让自己的儿子耶律隆绪将凶悍但难以约束的契丹士兵训练成一支正规的军队。这几年她开始招兵买马,征兵训练,跟耶律隆绪商量在几年内训练出二十万大军挥师南下,吞并宋朝,入主中原。这股慢慢崛起的力量,让大宋江山岌岌可危。然而,明枪易躲,暗箭难防。

"报——,王钦若大人的随从到了。"这声音打断了萧太后和耶律隆绪的对话。萧太后一听是王钦若的随从,当即点头让他进来。只见一个高瘦的男子弯着腰走了进来,用略显沙哑的嗓音说:"在下何平东,是王钦若大人的贴身随从,这次代表王钦若大人前来,和皇上、太后商议军机大事。"说完随即一拜。萧太后指了指边上的椅子,说:"赐坐。"便让何平东坐下了。

原来萧太后不只让自身力量强大起来,她早已开始用利益撬动宋朝大臣,结交了王钦若。王钦若身为大宋宰相,掌握着实权,又对皇帝的决策有着关键作用,如果拉拢到了他,这对于他们的大业无疑有着巨大帮助。他们这桩丑陋交易就在这间营帐中密谋了起来,大宋危在旦夕。

2. 巷战

熙熙攘攘的下邳城大街上,一对青年男女非常引人瞩目,女孩皮肤白皙,五官犹如精雕细琢过,柳叶眉,杏仁眼,杨柳细腰,头发乌黑亮直,自然地垂在腰间,然而再看她的表情,冷冷淡淡,不怒自威,给人一种距离感。跟她在一起的男孩则就完全不同了,模样普普通通,衣着更是可以用简陋来形容,灰色的粗布麻衣,穿着一双黑色布鞋,头发用发带箍了起来,五官端正却没有特色,眼大而无神,一副书呆子模样。这一天仙、一下人般的两人并排走在一起,着实吸引了不少目光。可这两人的眼神交流、举止动作却又着实亲密,他们正是五年后已长大成人的柴欣悦和寇准。

这两人表面在逛街,其实只是在完成每周的例行任务——收集情报。街道无疑是闲言碎语最多的地方,周宅是一个比较隐秘的地方,因而就设置了酒楼、茶馆,除此之外,周宅的弟子还要成组在街上游晃,查漏补缺。寇准和欣悦这两人的组合已经有五年了,

二、内忧外患

从欣悦教寇准扎马步开始,他俩便成为这么一个组合。别人羡慕极了寇准,有美女作伴,而且经过了五年的成长,欣悦更是出落为一个大美人。然而对寇准而言却并非如此,他欣赏欣悦的美貌,但却克制自己不要对欣悦产生任何情感,这是他当年进入周宅时暗自下的决心。他认定自己如果爱上了欣悦,将会陷入一个无尽的深渊。让任何人想不到的是,欣悦看到寇准分析兵法的那瞬间,就把他放在了心上。事实也证明,寇准对于兵法、治国、经史有着相当高的造诣,他俩搭档的这五年,更多的是寇准给她讲演学习的内容。也就只有在武学方面,欣悦能当寇准半个老师。

"听到什么了么?"欣悦不露声色地在寇准耳边问道。

"倒也没什么,契丹南犯越来越频繁、边境百处民不聊生、科举大考临近之类的情况。"寇准也不露声色地回答她。

"哎哟喂,这美女,长得真标志!"这时候一个猥琐的声音从他俩身旁传来,打断了他们的对话。寇准循声看去,竟是当年殴打他的赵小虎。

寇准这一看倒也吸引了赵小虎的注意,他也看了眼寇准,当即一愣,说:"这不是当年的那小子吗?寇啥来着?就是我当年差点没把他打死了的那个?"

"好像是寇准。"他的一个跟班立马答道,一副得意扬扬的样子。

"对对,是寇准。我说美女,你怎么跟这种人在一起啊,他是你的下人吧?下人哪有走在主子前面的,你这狗奴才!"说着就一巴掌朝着寇准打去。五年后的赵小虎变成了一个虎背熊腰的壮汉,

第四卷 澶渊和盟

武艺有了很大的进步,这一掌下去要还是当年的寇准,肯定就被拍死了。

然而今非昔比,寇准早已不是当年那个手无缚鸡之力的文弱书生,在周师傅和柴欣悦的帮助下他的武艺也有了质的变化。赵小虎这结实有力的一掌被寇准一个侧身便轻巧地躲了过去。

"你这死书呆子还敢躲我!"赵小虎霸道惯了,看寇准躲了过去自然觉得很没面子,于是又增加了几分手劲,仿佛真要一掌劈死寇准。

寇准轻巧地往后一退,这一掌赵小虎又劈了空,自己倒是一个趔趄,险些摔倒。这让赵小虎何等的没面子,更加勃然大怒起来。站在一旁的柴欣悦看起戏来了,也不插手,她要看看寇准的表现。这闹市中的打斗很快便吸引了大家的注意,寇准察觉不妙,拉起柴欣悦的手便向后跑去。

寇准拉着欣悦的手迅速闪进了一个没人的小巷子里,赵小虎穷追不舍地跟了上来,而赵小虎的几个跟班却跟丢了。进入巷子后没走几步,寇准他们竟然来到了一条死胡同。赵小虎大喜,握着拳头恶狠狠地逼了过来,咬牙切齿地说:"狗东西,这回跑不了了吧?美女,既然你敬酒不想吃,就别怪我……嘿嘿嘿嘿!"

这要是五年前的寇准,挨打也就挨打了,可如今他落难,还得连累欣悦。然而,寇准也早就不是当年那个瘦弱的小孩了。只见赵小虎突然一跃而起,飞身一个手刀就朝着寇准的面颊劈来。寇准先将欣悦往后一推,扬起左手就卸掉了赵小虎手刀的力量,右手顺势向前挥出一掌将赵小虎往前推了出去,赵小虎险些因失去平

二、内忧外患

衡而摔倒。这一过招让赵小虎明白寇准已不是当年的那个文弱书生了。他重新站稳,端起拳头,左脚向前一步。寇准看到认真起来的赵小虎,也不敢轻敌,立马放低身子,做了一个拳法的起手动作。

"不知道你在哪里学的武术,但你今天一定会被我打死在这里!"赵小虎怒目吼道,说罢便将右脚向前一迈,打出了祖传赵家拳的第一招"先发制人",这一直拳直冲寇准面颊而去,速度奇快,力度又大。寇准自知根本无法招架,立马闪避。赵小虎看到寇准闪避后露出的破绽,左脚立即踢出去,寇准只得用肘部抵挡,然而赵小虎力大如牛,这一脚就把寇准踢了出去,可寇准立马一个鲤鱼打挺站了起来。

站在寇准身后的柴欣悦紧张了起来,她知道学艺不精的寇准不是赵小虎的对手,这样下去寇准早晚受伤,向前几步,将寇准挡在身后。她回身轻声说:"接下来看我的,好好看着,学着点。"寇准自知力不从心,也就站到了柴欣悦身后。

"无能之辈,还要靠女人保护!"赵小虎无视柴欣悦,心想女流之辈有何能耐,当即想要绕过欣悦再次攻击寇准。然而欣悦脚下灵动,一瞬间便绕到赵小虎身旁,一记凌波掌打到赵小虎右肩,这一掌看似轻柔实含万斤神力,赵小虎当即横飞出去,撞在墙上,再也不动了。这一闪一掌让寇准看在眼里,当即倒吸一口凉气,心想这欣悦着实厉害,把赵小虎打得生死不明,可他是华州使赵炎的小儿子,这下他们恐怕惹下了天大的麻烦。

"这……"寇准心虚地看着欣悦。

欣悦也不理睬,只是说"没事",便快步离开了。寇准只得作罢,快步跟了上去,脑海里却还在想着该怎么逃过此劫。

3. 承诺

欣悦和寇准二人辗转回到周宅,向柴熙汇报过今天的情报之后,寇准又讲了他们下午的遭遇。柴熙点了点头陷入沉思,说道:"这件事我来处理吧,寇准你就专心于今年的科举大考。……没什么事你们就出去吧。"说完,柴熙再次陷入了沉思,看来柴熙似乎还有别的烦恼,于是欣悦和寇准便离开了房间。

寇准在回家的路上还想着这件事情,毕竟惹恼了赵家并非小事,他想不明白柴熙将会怎样解决这个难题。然而他无疑又欠下了周家一个大人情,再加上他已经在周宅生活了五年,这五年来无论他的文章、兵法还是武术都有了长足的进步,这些人情怎样还也还不完了。科举将至,这也许是他作为读书人唯一的出路,也是他实现自己抱负和报答周家的唯一方法。

"在想什么呢?"欣悦的问话打断了寇准的思考,她有时候会送寇准到巷口,美其名曰"饭后散散步而已",然而明眼人看得出来,她只是想和寇准多说说话。

"啊,没想什么,只是在考虑你哥会怎么解决赵家的问题。"寇准回答说。

"其实倒也不是难题,赵炎虽然势大,但我们的人有他的把柄,他不敢轻举妄动的。相信我哥很快就会到赵府谈条件的。"欣悦不以为意地说。

寇准点了点头,心想果然做官不能给人留有把柄。

欣悦又问:"科举的事情准备得怎么样了?"

二、内忧外患

"应该没什么问题了吧,就等那天了。"

"你还蛮自信的嘛。"欣悦看着寇准,笑了笑说。然而那笑容很快变得有点苦涩,她接着说,"到时候中了举人腾达了,可别忘了我们这些一起长大的兄弟姐妹啊。"

"中不中举另说了,兄弟姐妹我永远都不会忘记啊。严师齐、李哲贤他们,还有柳竹、晓熙。"一想到可能到了离开的日子,寇准也有点舍不得,毕竟长这么大,只有在周宅才有人和他称兄道弟。

"那我呢,你会忘记我吗?我不能参加科举,得留下来帮我哥,甚至……"柴欣悦停下脚步,她轻声说,"下次见面,我们可能还是敌人吧?"

"怎么会呢,你们兄妹对我有大恩,假使我日后真能在朝廷有一席之地,到死也不会找周宅的麻烦,而且如果在原则之内,我是会帮助周宅的。"寇准看着柴欣悦的眼睛认真地回答说。

"我不信。除非你……答应我一件事。"欣悦看着寇准,夕阳下两人的影子拖得很长,寇准看着欣悦扑闪的大眼睛,似乎看见了欣悦的真心。他轻声问:"除非什么?"

"你娶我。"欣悦认真地说道,"当然我不会让你马上娶我,我会等你,等你将来考上举人再娶我好不好?"

暖暖的阳光洒在了柴欣悦的脸上,她的眼珠因为激动而泛出了泪花,额上的几根乌黑的发丝被这微风吹得飘来飘去,她的衣服洁白如雪,就像她白里透红的肌肤,头发束在身后,楚楚可怜的样子完全看不出这是个武艺高强的人。寇准再也抑制不住对欣悦的喜欢,轻轻握住了欣悦略微颤抖的双手,对她说:"我答应你。"

爱情似天赐之物,来得悄无声息,然而短暂的聚首之后可能便是漫长的别离。轻易考过乡试、会试的寇准转眼就要进京赶考了,只要参加殿试便是举人,他无疑会直接留下来做官。

聚首的画面千千万万,然而离别的情况总是那么相似。穿上母亲亲手缝补的衣服,带着母亲的嘱托,首先是去周宅和师长、伙伴告别,然后便是情人间的惜别。寇准和欣悦两人在小巷尾拉着手,同样要赴京参加武试的严师齐,在红阁外等待着寇准一同上路。寇准和欣悦两人拉着手,但却尽量躲避着对方的眼神,他们怕一旦神情交融,离别将会更加痛苦,然而总有一股力量将他们的视线相连,两双眼睛立马就湿润了。他们紧紧地抱在了一起,但最终两人还是下定了决心,寇准轻轻地拥吻了一下欣悦的面颊,慢慢地离开了她温暖的怀抱。

"我很快就会回来的,等我。"

欣悦从寇准的眼神中、话语中感受到了那份坚定,缓缓地点了点头,踮起脚尖亲吻了一下寇准的嘴唇,然后面色绯红地转身跑了回去。

寇准望着欣悦消失的身影,抹去眼角的泪水,回过头寻严师齐去了。

4. 舌战

五年后,京城皇宫。

"众卿家可有对策?"龙椅上高坐的便是赵恒。他二十来岁,身

二、内忧外患

着龙袍,体格微胖,慈眉善目,然而此时的他额头上渗着汗珠,一副急躁的样子。原来是契丹人又一次入侵了,根据前线探子禀报,这次辽王耶律隆绪携大军南下,眼看就要破关攻打遂城了。整个朝廷如今就像热锅上的蚂蚁,不知如何是好。

"启禀皇上,耶律隆绪蓄谋数年,操练虎狼之师。今日南下,号称收复瓦桥关,来势汹汹,势必不达目的不罢休,然而敌我力量悬殊,贸然交战只能造成更大损失。瓦桥关地处我国北部,地势险恶,气候干燥,并不适宜我宋人居住,倒不如做个顺水人情,借瓦桥关以北荒凉之地和契丹修百年之好,天下太平,国泰民安,是江山之幸也。"只见一人缓缓上前禀报道。原来此人正是宰相王钦若,五六十岁的样子,豹眼鹰钩鼻,眉毛偏重,下巴留着厚厚的胡须,头发、眉毛、胡须都已开始泛白,然而双目却依旧明亮,眉头紧锁,额间深深的川字纹更是突出了其豪杰气质。他正义凛然的外表下却早有着自己的利益算盘,他与耶律隆绪和萧太后之前的交易正在秘密地进行着。

"是啊皇上,国泰民安,社稷之幸也!"一名大臣带着一众官员附和着王钦若的话。这个带头的大臣便是王钦若的左膀右臂曹利用。

赵恒点着头,没说话,仿佛思考着什么。他扫了一眼众官员,看到一名二十来岁的年轻臣子正眉头紧锁地摇着脑袋,这倒引起了他的兴趣。他定睛一看,原来是近年刚调回京城的五品官殿中丞寇准。于是,他好奇地问道:"寇卿家可有异议?"

原本寇准当年高中进士,便授大理评事,知归州巴东县,经历近五年地方磨炼,取得政绩,如今调回汴梁,累迁殿中丞。只见他从官员队伍中走出来跪了下去,低头称:"回皇上,异议寇准不敢称。只是……"他顿了顿,想了想继续说,"王大人所言极是,契丹勇士乃虎狼之师,契丹人又生性残暴,好战且杀戮成性,微臣恐怕瓦桥关只是借口,耶律隆绪和萧太后觊觎的是我们整个大宋江山!"

王钦若听后不满意了,也不先向皇上请示,就直接回头称:"敌我双方实力高下立断,一旦开战,犹如以卵击石,后果不堪设想,倒不如趁此迁都南方,为天下开太平。"

寇准听后摇了摇头,说:"王大人,敌我双方军力是有高下之分,然而攻守有别,行军打仗千变万化,只是简单称以卵击石,而把我大宋江山拱手相让,不免有失偏颇,还请皇上三思。"

"寇准,如与契丹发生冲突,导致我大宋社稷之危,你可是罪无可赦啊!"曹利用听后直言道,"且不说契丹虎狼,此时国内硝烟四起,土匪势力日益庞大已然成势,若不早日加以铲除,日后必成大患。你若再让皇上分派兵力,招惹外敌,我大宋社稷岌岌可危啊,还请皇上三思!"曹利用说完"扑通"跪倒在地,向皇上叩首,一众大臣也向皇上叩拜。

"启禀皇上,老臣有一言。"说话的正是宰相毕士安。他在大宋当了多年宰相,辅佐过三位皇帝,因而还是深得皇上信任的。

"请讲。"

"皇上,契丹近年数次来犯,边疆百姓民不聊生,侵略之心已然显露,再任其为之,恐怕后果不堪设想。"毕士安看了一眼寇准,回

二、内忧外患

答道。

"启禀皇上,杨将军求见。"一个太监在大殿外禀报道。

"快快有请。"

只见一个身材魁梧、相貌俊朗的将军快步走了进来,来到大殿前跪下,用洪亮的声音道:"启禀陛下,杨某愿意领兵回击契丹,以保社稷之安,如若失败,愿以死谢罪。"原来说话的正是杨嗣。

赵恒听后内心大喜,不想就这样将祖上打下的江山一点点拱手相让,况且寇准、毕士安等人说得极是,契丹人绝不会善罢甘休,再这样下去早晚会亡国。

寇准站了出来,跪地称:"陛下,臣虽人微言轻,可也愿效犬马之劳。愿意同杨将军北伐。"

王钦若冷笑道:"哼,你也知自己人微言轻,北伐之事哪里轮得到你参与。"其实王钦若心里早已明白,皇上有心抵抗,无意妥协,自己的谋划看来还得推迟。

赵恒没理会王钦若,道:"寇卿家有心为国出力,朕倍感欣慰,但也确如王相所言,你可能难以服众,就封你为征西大臣,同杨延昭少将军歼灭西北土匪势力,班师回京再同杨将军一起赴前线迎敌。杨嗣将军,你且带兵十万,北上迎敌。"

"微臣领旨。"寇准和杨嗣立马领旨。

寇准内心五味杂陈,西北土匪,希望不要和周家牵扯上关系,还有柴欣悦,五年没见她了。虽然自己一直遵守着约定没和别人成婚,可自己也一直没有机会回去找她,如今终于要回西北,可却是平乱大臣的身份,不知该怎样面对欣悦。自己这几年也为周宅做了一些事情,比如在朝廷和地方与周宅出身的官员互相扶持,为周宅的一些行动和事业开后门,自己的官位越大,陷进去的可能性也就越大,因而也迟迟没有和柴欣悦约照规定的时间见面、成婚。

三、下邽之战

1. 不速之客

寇准望着那熟悉的西北风貌,关于儿时的记忆不断地翻腾出来。他有种说不清楚的感觉,但他很清楚,这里是家,是生养他的地方。

"报告将军,前方便是下邽城。"行军至晌午,一个马前卫从前面驱马回来禀报。

寇准点了点头,道:"下去吧。"这里他再熟悉不过,但没有点穿。"等等,把命令传达给张俊达,大军在此驻扎,除非得令,不得私自进入下邽,让张俊达副将军监管。"寇准不想让军队的进入扰乱了下邽城的生活。

"遵命!"马前卫双拳一抱,跑了下去。

得令后士卒们迅速安营、扎寨,升起炉灶,准备吃饭、休息。寇准心里想着,明日得见见华州使,把西北的情况掌握一下,把主要的几个土匪势力铲除。寇准虽然这样想,可他心里对于后周势力

第四卷 澶渊和盟

还是有所顾虑的。"柴熙、柴欣悦",他心里总是念叨着这两个名字。寇准一边谋划,一边走进了士兵们帮他安扎好的帐篷。

这间帐篷要比一般的帐篷大,布料也厚实,里面除了架起了一张单人小床外,还有西北地图、沙盘,不过西北地区的情况还不明晰,因为地图、沙盘还有大量信息需要去填充。还有一张桌子,桌子上摆放着一个装令牌的圆筒。几把椅子摆放在帐篷四周。寇准虽然直接成了平乱大将军,可毕竟是第一次当这么大的官,带领这么多的士兵,他自然还是有点兴奋的。

然而这时候的寇准还不知道,他这个差事有多难当。

"报,将军,下邳城张通判求见。"帐外通报官禀报道。

寇准一听大喜,立马出来迎接,可来的人着实把他吓了一跳。

来人竟然是张正,只见他穿着通判的官服,头顶黑色四方巾,走起路来还是当年小胖子的样子。

寇准心里一乐,叫了声"张正!"便拥抱了过去。

张正倒没有什么表情,双拳一抱,躬下身去,道:"参见大将军。"

寇准内心一怔,张开的双手也不知道该往哪里放了。他似乎想明白了什么,答道:"免礼。来,请。"他双手做了请的手势,把张正请到了大帐内,转身又跟传令官说,"叫人上几盘小菜,一壶酒。"传令官得令后立马跑了下去。

寇准进来后看到张正还站在那里,说道:"怎么不坐,来来,请坐。"说着他自己在一旁的椅子上坐下。

"微臣不敢。"张正不为所动。

三、下邳之战

"咱们都五年不见了,你怎么变了?"寇准也站了起来,望着年少的好伙伴,过往的故事还历历在目。

"我变了,还是将军你变了?"张正终于还是正视起了寇准。

"此话怎讲?"寇准问道。

"还在给我装糊涂。"张正索性撕破脸皮道,"行啊,寇准,都是平西大将军了!"说着,他抓住了寇准的衣领,恶狠狠地说道,"真没想到周宅出了你这么个白眼狼,我怎么没看出来你原来是这样的人!"

"你误会了,张正!"寇准想要辩解。

"我误会了?寇准,你小子,我现在还是周宅的人,是你们所说的土匪,你现在就可以把我抓去,砍头立威!"张正有点急了。

"张正,咱们从小就认识,你还不了解我吗,我是那种背信弃义的人吗?"寇准也有点着急,虽然他想到会遭到周宅人的诘难,不过他没想到这人竟是跟自己最好的张正。他拉着张正走到帐中央,小声说,"我没有背信弃义,我还是周宅的人。"

"别跟我扯了,你现在是平西将军!"张正嘴上不认账,但他的心里还是有点动摇的。

"你想想,如果不是我在这里,而是其他的人,你们会有什么后果?"

这次张正没有说话,犹豫了。

寇准见张正不再说话,接着说:"我本想北上抗击契丹,皇上见我有胆色,但资历不够,临时派我来这边历练,我根本没想出卖周宅。"

"此话当真?"张正已经开始面露喜色。

"如有虚假,天诛地灭!"寇准赶忙说。

张正立马露出了欣喜的神情,用力一把抱住寇准,大声说:"平仲!"

"张正!"寇准也按捺不住兄弟重逢的喜悦心情,说,"五年没见了吧,你变化可真不少,我都快认不出你来啦!"

"变化再大也不如你变化大,升官升那么快。"张正表面上不服气,可心里着实为自己兄弟的成功感到骄傲。

"哎,这只是临时调配的,不是永久的官职,能不能成功还得看我剿匪的成果啊。"寇准接着问,"快告诉我,华州现在还有哪些残余势力?"

张正点了点头,说:"你这次任务确实很难完成,华州有三股很大的残余势力,我们算是最大一股势力吧,但是剩下的两大势力和几股小势力最近形成了同盟关系,可能就是为了应对朝廷的清剿。所以想要铲除他们,难上加难。"

"那两股势力分别是谁?"

张正接着说:"李茂也是前朝遗裔,现在已在华阴形成较大势力,拥兵三万。还有张凯达,蒲城附近几乎都成为他的势力范围,具体有多少兵力还没有摸清楚,但应该有两万人。这两股势力还形成了联盟,牵一发而动全身。"

寇准知道这里是难啃的骨头,但没想到这么难啃。

"这还不是最主要的,蒲城张凯达,据说和宰相王钦若有点关系,所以地方驻军对他们睁一只眼闭一只眼。凡是朝廷的情报,他

三、下邳之战

们几乎了如指掌,难对付得很啊!你的人里估计也有王钦若的间谍。"张正小声对寇准说。

"这……"寇准也犯难了。

2. 细作

"报,将军大人,饭菜做好了。"门外的传令官报告道。

"端上来吧。"寇准回答道,于是他和张正两人坐下来边吃边聊。

"周宅那边怎么样了,我母亲还好吧?"

"令堂大人安然无恙,我们照顾得很细心,不过亏你还记得我们周宅。"张正讥笑道。

"别嬉皮笑脸。"寇准佯装愤怒。

"嘿嘿,你是想问周宅呢,还是想问柴欣悦啊?"张正知道寇准内心着急,故意吊他胃口。

"你……当然柴欣悦的事也很重要。她,还好吗?"寇准还是没有隐藏住对柴欣悦的感情。

"亏你还说得出口,一别五年,连个音信都没传回来,让人家姑娘白白等了你五年。"张正有点为欣悦感到不平。

"我在朝廷真得小心翼翼,十九岁就中了进士,难得皇上对我青眼有加,没让我做几年地方官就把我调回京城。我根本不敢轻举妄动,不知道多少乱臣贼子等着我出岔子。"寇准摇了摇头,一脸的无奈。

张正看寇准一副可怜相,也不再刁难他,说道:"好好,我也不卖关子了,你的欣悦也安然无恙,现在就在下邳等你回去迎娶她呢。本来她也想陪我过来看看你,可说什么'五年没见,也不知人家现在是何心意'。"

寇准鼻子一酸,强忍着没流出眼泪来,心想他真是害苦了欣悦。

"那我现在跟你回下邳。"寇准说着就要站起身来,恨不得现在就在柴欣悦的身边。

"对了,我忘了告诉你,今晚有夜袭。"张正嘴里吃着饭菜,一副事不关己的模样。

"夜袭?"寇准眼睛都快瞪出来了。

"嗯,我们在张凯达那边的细作送来的情报上说'平西将军十六日到达下邳城东,夜袭之',看来是要杀你们个措手不及。"张正说。

"这么重要的情报你怎么才说?"寇准心里开始了谋划,"不行,我得安排一下。"

"你安排的话,那边也会知道。我们这边有他们的细作,得先把细作揪出来。"张正说。

寇准点了点头,说:"我明白了。"

寇准心里想着该怎样把这人揪出来,很快便有了主意。他跟张正商量了一会儿,两人都对这个计划感到满意。

吃罢午饭,寇准送走了张正,在营地里巡视了一番。副将张俊达在跟士兵们一起吃饭,谋士甘鑫在自己的帐中,边看书边啃馒头,几个先锋将军也跟士兵们在一起。他把传令官叫了过来,对他

三、下邳之战

说:"今夜我要带领一万轻骑兵夜袭,我这里有十封信,你分别帮我放到几个副将和千夫长的营帐内,信封上有署名,不得有误。"

传令官得令后就下去了,很快军中的几个将领都得知了消息。命令下达以后,寇准便在营帐内休息,而轻骑兵们则忙碌了起来,收拾准备、整理鞍马。"接下来就等张正的好消息了。"寇准在营帐内这么叨念着。

天色阴暗下来,刚过晚饭时间,一万轻骑兵们已经在营地周围排列整齐,整装待发。就在这时候,传令官大声报告道:"报,张通判参见!"

寇准此时正在营帐内小憩,一听立马睁开眼,道:"我出来见他。"说完从椅子上一跃而起,拿上皇上御赐宝剑,走了出来。

只见张正正在外面,他的身后还有四个下邳军。四个下邳军押着两个男子,一个身着青色便服,一个身穿黑衣。张正说:"他想要从城西偏门跟下邳城里的这个快马手接应传信息,被我抓了个正着。"

只见黑衣男子看了寇准一眼,怒道:"我什么也不会说的。"然后面部皮肤突然开始变色,先是涨红,然后是发绿,在众目睽睽之下死了。周围聚集了许多的官兵,看到这一幕都大惊失色。

"你有什么想说的?"寇准对青衣男子问道。

"我是张凯达手下的快马手,负责传递情报,可他还没把情报传递给我手上,就算将军杀掉我我也没有什么可说的。"青衣男子看来真的还没有接到消息。

寇准点了点头,只见他弯下身来,摸索着黑衣男子的尸体。周

第四卷 澶渊和盟

围围观的官兵们都丈二和尚摸不着头脑，想着将军就算摸出情报来也无非是今晚夜袭的事罢了。

果不其然，寇准在黑衣男子的袖子里发现了一个小竹筒，里面有一封信。寇准定睛一看，笑着站起身来，大叫道："来人啊，给我把张俊达抓起来！"

几个官兵一惊，心里根本不知道寇准是怎么想的，怎么突然要把张副将抓起来呢。可毕竟军令如山，寇准麾下几个最值得信任的先锋将军立马扑了上去，把张俊达擒拿了起来。

"干什么，干什么，凭什么抓我！"张俊达一副被冤枉的样子。

"干什么，这两人你可认得？"寇准问道。

"我怎么会认识他们两个，寇大将军你可别听信谗言冤枉了好人啊！"眼看张俊达的眼泪都要出来了。

"演得挺像，我问你，你能猜到这信里的内容吗？"寇准接着问。

"大概能猜出一二，想必是今晚我们要夜袭的事，可这是各位将军、千夫长都知道的啊，为什么不怀疑他们，而怀疑我？"张俊达可怜兮兮的样子让围观的几个官兵也感觉寇准误会了好人。

"对啊，你这么说似乎有点道理，张大将军可还记得今夜我们将夜袭哪里？"寇准也一副茫然的表情。

一旁的张正看到这里都忍不住要笑出声来。张俊达说："自然记得，军令如山，今夜一万轻骑兵，夜袭下阴城南信阳小城，不得有误。寇将军你还在信中告诫，军事机密，不得与他人交谈此事，以防风声外露。"

周围的一伙军官本来还听得频频点头，可听完后立马察觉出

三、下邳之战

不对,抓耳挠腮了起来,有的还把刚才的信掏了出来,确认了一番。一旁的谋士甘鑫听完张俊达所说的,当即领悟道:"原来如此。"

寇准听见甘鑫所说,当即问他:"你收到的信,今夜夜袭哪里?"

甘鑫回答道:"启禀将军,我收到的情报是今夜夜袭下阴城北凉城。"

"你呢?"寇准又指着一个叫作王青的先锋将军问道。

"回禀将军,我的信里写的是今夜夜袭蒲城南荥阳村。"

寇准点了点头,众将领也一副恍然大悟的样子。寇准接着说:"我早知营中被安插了细作,没想到他地位如此之高,多亏张通判跟我一起出谋划策,可算抓住了此人,张俊达,你可知罪?"

张俊达气得脸通红,大骂道:"寇准小儿,竟然用如此奸计,我哪知你有意试探我们,竟伪造了十封信出来,所述地点每人不同,然后等着我们自己跳出来让你抓,真够毒辣。今日我栽在你的手里,可算倒霉!"说完便低下头,一副甘愿被杀头的模样。

"把他带下去,关押起来。"寇准说完,两个士兵从旁边走了上来,把张俊达带了下去。寇准接着说,"今晚还没完,夜袭的事是真的,不过不是我们,而是他们。我们刚获得情报,今晚张凯达的骑兵想要杀我们个措手不及,现在我军骑兵们已经在营中整装待发,其余兵马立即准备,等他们来,我们迎头痛击!"

"这家伙怎么办?"甘鑫指了指地上的尸体。

"扔到营地外烧掉,你们四个去做。"他让张正的手下去做这件事。

"我们立了这么大功竟然安排我们做这种差事!"张正一脸的

不情愿,但他还是让四个弟兄把尸体拖走了。

3. 夜袭

"两万人由王青暂时指挥,甘鑫辅佐,在营地中正面迎敌,我带两万人马去侧面伏击,剩下一万由张正带领,埋伏在下邳城墙内,一旦张凯达撤退,我们立即开城门出来截击。"寇准发号施令,一副大将军的模样,一点也不像个羸弱的文官。

先锋将军们也算是对他们这个小将军心服口服,第一天就做出了这么大动作,抓住细作,获得夜袭的情报。当然这也离不开张正对他们的帮助,多亏跟了寇准将军,不然今晚肯定过不安生。他们得令后立即执行,四散开来各自就位。

寇准已在侧翼埋伏好,只等张凯达的人马冲入营地,营地里由王青带领的两万人马也做好了正面迎敌的准备,甘鑫也心生一计,让御敌之策更加万全。张正也跟几个先锋将军搞好了关系,几人结伴带领士兵在下邳城北的城墙内埋伏停当。

深夜,月亮也被云彩遮蔽,巍峨的下邳城墙安静地矗立着,平西营只有几处篝火还在闪烁,四周很安静,士兵们仿佛早已进入梦乡。很快,地面突然开始震动,一大队人马仿佛从天而降,从西北方而来,他们的心情是紧张而愉悦的,认定有一场杀戮即将发生。在到达营地前还有不到一里的时候,突然营地中杀声震天,灯火通明,擂鼓大作!

"放箭!"王青下令。一阵阵箭雨呼啸而来,张凯达的先锋士卒哪想到对方竟早有防备,那灯火刺激得他们睁不开眼,根本无法躲

三、下邳之战

避迎面而来的箭雨,瞬间死伤无数。大队人马想要后退,更多的人不知道该怎么办,只能跟着前面的人继续冲锋。毕竟人多势大,有大量的先锋兵驱马冲来,可前面竟是一整排竖起的防御篱笆,篱笆上有用原木削成的尖刺,停不下的兵马只得撞上去被原木插死,只有一小波兵马冲了进来,更多的人想要后退。

"杀啊!冲啊!"又是一阵杀声,不知在哪里埋伏着的大队人马从侧面横冲了进来,呈尖刀之势,将张凯达部突袭的阵型彻底切割成两半。一半成了瓮中之鳖,只等着被屠杀,另一半也被砍杀得够呛,连滚带爬地只想逃离这座人间地狱。

来了两万多的轻骑兵,如今只剩五千多人。张凯达也着实是个好汉,冲锋在最前方,看情况不妙赶紧下令撤退,凭着自己高强的武艺,愣是冲杀了出来,心里想着,此仇不报,天诛地灭!可他怎么也想不明白,为什么自己的细作没有把情报传过来,导致了这次的一败涂地。此外,看来自己人里有宋军的细作!

他心里想着这些问题,看着不远处的后方还处在水深火热中的弟兄们,一阵心酸。就在他们要经过下邳城北门的时候,又是一阵杀声震天,下邳城北门大开,一大队轻骑兵由几个先锋将领带着,从大门里杀了出来,这杀声彻底让张凯达丧失了生的欲望。他两眼一白,气得昏死了过去。然而宋军轻骑兵绝不会放慢脚步,他们鱼贯而出,拿着砍刀、长枪,将丧失求生欲望的敌军一一斩杀。

这次战斗只持续了两三个时辰,天还没亮,战斗就彻底结束了。张凯达几乎倾巢出动,志在必得,可败在了自己的孤注一掷上。两万人几乎被全歼,只有最先撤退被张正截杀的两千多人缴械投降,其余的也算英雄好汉了,杀了进去就没想活着出来,全都负隅顽抗至死,一时间横尸遍野。这让没见过这么惨烈战争场面的寇准有点莫名的伤感,虽然他们打了大胜仗。

营地内倒是一片欢快,官兵们为了这次的大胜仗欢呼雀跃,吃肉喝酒,特别快乐。"战争,真的能够让人性丧失啊!"寇准心里总是有这么一句话。他站在箭楼上,眺望着横尸遍野,竟也流下泪来。

张正爬了上来,看见寇准在哭,心里也一阵酸楚。

"怎么了,不去下面喝酒庆祝?"张正问道。

"没什么好庆祝的。杀人可不是比赛,钻研了那么多年的兵法,今天才意识到这是杀人的玩意。"寇准内心有点低沉。

张正看着这哀鸿遍野,没有说话。他想了想,还是说:"如果我们不抵御,躺在下面的就是我们啊。"

"我知道,可为什么非要你争我杀呢?"寇准想不明白,"哎,边塞的人民大抵也就是这样死去的吧,死在了契丹铁骑之下。之前我只想着杀了那些蛮荒之族,可我现在更渴望和平。"

"第一次打仗嘛,大抵心里是有些难过的,也许习惯了就好。"张正安慰道。

"也许吧,不过我不能让这些人白死。"寇准仿佛下了个决心,他说。

"今天上午休整,下午去看欣悦怎样,你俩也该见面了。"张正想要岔开话题。

寇准点了点头,脸色终于不再那么惨白,说:"有点紧张,五年

三、下邽之战

没见了,不知道她变模样了没有。"

张正笑了笑,说:"变了,你见了可别被吓着,现在又胖又丑。"

寇准一惊,一副不敢相信的样子。张正看了哈哈大笑:"你见了就知道。"说着从箭楼的梯子上爬了下去,寇准也终于沉静了下来,爬了下去。

天色已经微微变亮,很快,远处的小山丘上升起了一轮红日,有着暖暖的阳光。整个大地都披上了红色的衣裳,一片安静祥和,似乎昨夜的杀戮已经是很久很久之前的事了。

寇准把传令官叫了过来,吩咐道:"你让章淦、王青带上个千百人,去把营地外、下邽城外的敌军尸体,用马车拉到西北郊外的乱葬场掩埋了吧。"

传令官得令后便下去了,章淦和王青也愿意服从命令,经过了这次大胜仗,他们打心底钦佩这个年纪轻轻但足智多谋的大将军。

4. 重逢

经过一上午的休整,寇准终于恢复了精气神,于是便和张正一行人走上了去下邽城的路,而甘鑫和王青两人带着一众将领训练兵士、研究华州地形,为接下来的大小战役做准备。

寇准一行人来到下邽城门前,他们身着灰色素衣,看不出身份,但从面相看,领头那人却相貌英俊,器宇不凡。下邽城守看来人是陌生面庞,但又确实不像池中之物,于是把他们拦了下来,问道:"你们是什么人,到本城来所为何事?"没等他问完,领头那人身后一个矮矮胖胖的身影钻了出来,说道:"我是张通判,这位是来我们下邽城的贵客,把城门打开。"

"小的有眼不识泰山,立即给您开城门。"那小吏一看是张正,就立即把城门打开,放寇准他们进到下邽城来。

五年了,寇准刚踏进故乡的土地,马上感慨了起来。道路还是熟悉的样子,多了几座城楼,街道也热闹了,熙熙攘攘,一片繁荣祥和。寇准动情地说道:"最美丽的地方永远都是这里。"他径直回家,仿佛他还是当初的那个少年。

走到家门口,张正让他的手下留在门口,自己携着寇准的手走了进去。家中变化倒是挺大的,瓦楞窗棂全都粉刷了一遍,地面也铺上石子,甚至还竖起了一套石桌椅,家中的老槐树更加枝繁叶茂,门厅也打扫得一尘不染。走进客厅,家中的家具基本都换了新的,大堂里亮堂堂的,完全没有了以前昏暗的模样。

"大妈,你看谁来啦?"张正朝里屋说着。

"哎哟,谁啊,张正吗?"里屋里一个苍老的声音传了出来,轻轻的脚步声由远及近,寇母走了出来。"啊,平仲,你什么时候回来的?"寇母声音微微颤抖道。

"娘,孩儿不孝,五年了才归家中。"寇准看见母亲苍老了不少,头上白发多过了黑发,脸上也满是岁月的痕迹。

"哈哈,回来了就好,回来了就好啊。"寇母说着,在太师椅上坐了下来,这对太师椅还是家中传下来的那套古旧的椅子,以前父亲总是坐这把椅子。

"娘,家中可还好吧?"寇准问道。

"好,都好。就是你不在家,冷清了一点。不过有张大人、柴小

三、下邳之战

姐的悉心照顾,我也没有那么闷。"寇母一字一句地说,眼睛里已经有了泪花,"平仲你,做官了?"

寇准点点头,道:"嗯,孩儿现在在朝廷为官。"

"好好辅佐皇上,当一个好官,别忘了你父亲的教诲。"寇母认真地对寇准说道。

"娘,你放心,我定好好辅佐皇上,不让娘失望。"寇准点点头,拉着母亲的手,郑重地说道。

这时候一声推门声,一个姑娘跳了进来,道:"哎,大妈,是张正来了……"她指了指门口几个人,只见寇母旁边蹲着一个英俊的小伙了,再定睛一看,竟然就是她日思夜想的那个人。她当即不知道怎么办才好,直接哭着冲了上去,寇准也站了起来,跟姑娘抱在了一起。

"我恨你,你怎么才来!"柴欣悦哭着鼻子,流露出愤怒的神情。

"我这不是回来了嘛,别哭了,我在朝廷之中不敢轻举妄动,不然你们都会受牵连。"寇准安慰欣悦道。

寇母在一旁看到这一幕,早猜到这两人关系不那么简单。她知道欣悦对寇准有点意思,成天拉着她问寇准小时候的事,平时这丫头对自己也照顾有加,寇准跟这丫头在一起她自然是乐得合不拢嘴。寇母说道:"好,今天一家人又聚在一起了,我去给你们做午饭,大家吃个团圆饭。"

寇准、欣悦两人又聊了一番,便也和张正一起帮寇母做饭去了。几个人边做饭边讲这五年发生的奇闻趣事。寇准讲他为官的种种经历,从最开始怎么中的进士,怎么得到皇上的注意,怎么打

第四卷　澶渊和盟

破年龄的偏见让皇上信任他这个毛头小伙子,到怎么跟朝廷的各种党派处理关系,怎么处处防备着王钦若这个奸臣的陷害和奸计,说到精彩之处,把几个人吓得连蹦带跳,惊出了一身冷汗。几个人也越来越理解寇准的难处,也就再也没有因他五年来的不联系而责备他。他们三人也讲了一些下邽城的事情,柴欣悦说了她哥哥柴熙和周宅的一些事。寇母倒也没什么好说的,只是反复提醒寇准就在这几天把他和柴欣悦的婚事给办了,平西战争结束后,要他把柴欣悦带回京城。

柴欣悦听着这些,脸上红红的,仿佛心不在焉地擦拭着自己的玉镯子。寇准连连答应着,只是说婚事肯定是要办的,只不过得等平西战争结束。他可不想让新娘子刚结婚就守寡,说完自己哈哈大笑起来。之后大家都再不说话,吃完饭,欣悦一气之下竟然给了寇准一巴掌,怒视着他走开了。

"哈哈,这才是我的欣悦!"寇准还是口无遮拦,他心里紧绷的那根弦终于暂时松了下来。

"在家怎么不说吉利话呢?"寇母很不乐意地看着儿子,虽然她知道儿子的想法。

"可是这毕竟就是战争啊,战争就会死人。"寇准认真了起来。

"我不准你死。"寇母也义正词严了起来。

"我尽量遵命。"寇准一笑,但是心里想着还在生气的柴欣悦,自己也不知道该怎么办才好。

"欣悦还在周宅做事,对吧?"寇准心生一计。

寇母点点头。

三、下邽之战

寇准立马笑着说:"欣悦我带走了,让她跟我一起打仗。"

寇母自然是严厉制止。

"娘,你这就太传统了吧,你可不知道,杨业将军家七个儿媳妇可都是能文能武的女中豪杰啊,我的媳妇可不能不如她们。再说了,论武功,欣悦可差不了我多少。"

寇母还是不太乐意的,刚想辩解,只听欣悦在门旁笑出了声来。

"哎哟,我的寇大官人,您可别逗我笑了,就您那三脚猫功夫,别给我扣帽子了。"说完,她"咯咯咯"地笑个不停,"当年,要不是我,你……"

"别,别,别当着我娘说我当年的糗事,当年是当年,好汉还不提当年勇呢。您是女中豪杰,更不该提了。五年没见了,你武艺要是没长进,这回可得给我打趴下了。"寇准当着欣悦的面倒是一点架子都没有。

"别扯了。"柴欣悦根本不服气,从小到大她都是揪着寇准打,那时候寇准身体也不行,在周宅锻炼得才好了一点。

寇母赶忙劝架,想着这成何体统。

两个年轻人不管那一套,说着就走到了院子里,张正这个看热闹的还在一旁瞎起哄,完全没有劝架的意思。

两人打起来也是完全不顾情面,寇准"报仇"心切,先下手为强,左脚向前一滑,右拳就推了出去。柴欣悦不慌不忙,不退反迎,双拳化掌,向前一推,接住了寇准的直拳。寇准经过这几年的锻炼,身体素质强了,力气自然是有的,可打到柴欣悦的掌上,却有打到棉花上的感觉。柴欣悦借力打力,双掌一交错,顺着寇准的胳膊往上打出,右掌一挥就给了寇准一巴掌。

寇准疼得不行,捂着脸就退了出来,道:"不打了,不打了,君子动口不动手啊。"

没想到柴欣悦这几年习武一直没有放松,长年的训练让她武艺精进,寇准那几下还真不是她的对手。

过手之后两人又亲密起来,寇准也为小看欣悦而道了歉,欣悦则同意寇准平西之战后再结婚,但这场战争必须也有她的一份,毕竟在西北,各个势力是水火不容的。这倒也遂了寇准的意,他赶忙答应下来。

5. 复仇

是夜,下阴城南,李茂兵营。萧索的大风也吹不灭李茂兵营里的营火。在中央的大帐里,十几个身披铠甲的将领围绕在大沙盘前面,他们沉默着,但眼睛都盯着沙盘后面坐着虎皮太师椅的男子。

这个中年男子的眼睛像鹰隼一样锐利,扫视着沙盘,扫视现在的战局。他的身材高大威猛,光坐着就比其余的人高出一截,双手伏在桌案上。大家屏气凝神,等着他开口。

"张老弟还有多少兵力?"这个男子站了起来,声音洪亮地说。

"不足五千。"他身旁的一个文官松了松领口。

"因为老鼠!"一个头发泛黄的壮士站了起来,睚眦欲裂,气愤填膺。

三、下邳之战

"哼,一次夜袭,反被全歼。张凯达也确实看轻了这寇准。"另外一个谋士摇了摇手中的折扇说。

"都快入冬了你还摇什么扇子啊!"一个年轻的小伙子站起来道。他长得一表人才,在这群凶神恶煞的人里显得格格不入,"怎么说我哥哥呢,不就是一次夜袭失败了吗?咱们是同盟,你们不来帮忙也就算了,现在我哥哥失利战死在下邳了,你还摇着扇子,嫌风凉话不够力道是不?"原来这小伙子就是张凯达的亲弟弟张凯峰。

"元凉,不得无礼,张凯达虽然英勇战死,可蒲城、下阴之同盟不会解除,我们两方依旧是平起平坐的好弟兄。凯峰老弟,你放心,凯达的仇,我李茂必为他报!"李茂是有情有义的人,因此他的手下聚集了一群能人异士、英雄豪杰。

"可这寇小儿刚来华州,一夜之间就把华州三大势力砍去其一,这实力实在不容小觑啊!"小胡子谋士捋着胡子说,他是李茂手下第一谋士,人称"小诸葛"的诸葛一鸣。

"一鸣兄,你看这仗怎么打?"元凉瞥了一眼张凯峰,隔着李茂问道。

"从前线逃回来的弟兄说,他们还遭到了下邳城的伏击,这就有意思了。寇准那小儿到西北干吗来的,镇压土匪。哎,有意思了,他竟然先跟土匪勾结起来了。"张凯峰没理会元凉,对诸葛一鸣说。

诸葛一鸣听完点了点头道:"确实有点意思,不过这可就难办多了。"他看了一眼李茂,李茂也点了点头。诸葛一鸣接着说,"大人,您看,这里怎么样?"只见诸葛一鸣站了起来,拿着一根小棒指着位于下邳和蒲城之间的一个小山头说。

李茂说:"行,可以这么办。"元凉也恍然大悟地点点头,几个武将倒是没明白到底在说什么。张凯峰是快人快语的汉子,说:"哎哟,我说哥几个别打哑谜了,直接说成不?"

诸葛一鸣说:"本该是敌寡我众,寇准的这种举动直接导致了双方实力的均等,而现如今,他竟一举破坏了张凯达的夜袭并用计谋打得张凯达势力全无。现在敌众我寡,只能被动反击了。这里,"诸葛一鸣指了指蒲城和下邳城之间的一座山,"飞浪山,下邳城到蒲城之间一定会经过的一座山,这座山道路崎岖,多山崖怪石,我们可埋伏于此,杀他个片甲不留。"

李茂听后点了点头,说:"此计可行。"

可张凯峰却说:"你怎么知道寇准那小贼一定会经过飞浪山呢?"

"寇准来这里是平西,不是守城,他要平西就得一步一步来,既然消灭了张凯达,势必会转移阵地,筑营蒲城,以此来攻下阴。如若不经此番周折,直取下阴,必然是自取灭亡,然而他若去蒲城,必会经过飞浪山!"只见诸葛一鸣娓娓道来,颇有当年诸葛孔明的气势。

"此计甚妙!"他的计划得到了帐中诸将的赞许,如此这般,寇准的平西之路看来还只是刚刚开始。

6. 谋划飞浪山

寇准在下邳城安营扎寨已有个把月,这段时间士兵们得到了

三、下邽之战

充分的休整。寇准和柴欣悦的关系也回到了从前,又开始打打闹闹,谈笑风生。这一天傍晚,寇准终于决定继续北上,拿下蒲城。寇准、甘鑫、张正三人便在营帐中商议攻打蒲城的计策。

"前往蒲城的路只有三条,其余野路皆为天险,无法行军。"张正用木棍指着蒲城到下邽之间的沙盘说,"这一条,为官道,地形最为平坦。从下邽直通蒲城,但这条路也是李茂方面会重兵据守的路。如果在这里与他们大决战,恐怕会两败俱伤,就算打下了蒲城,也会被下阴的余部势力围剿。"

寇准听着,略有所思,便问:"那其余两条路呢?"

张正点了点头,说:"其余两条路我们称小道,是很多江湖人士喜欢走的小路。这一条叫埋沙道,沿通河北上,地势还算平坦,也靠近水源,行军比较方便,但现在是雨季,有水患之危险。"寇准听到水患,眉头一皱。张正继续说,"最后一条人称狮子路,是江湖人士走得多了形成的小路,沿着北山走,穿越飞浪山,下山经过一个叫蒲南的小镇,再走一段大路,就到蒲城南面了。"

甘鑫问:"啥叫狮子路?"

张正说:"这还不好理解吗,飞浪山、北山都是荒山野岭,多老虎、野狼等野兽。"

寇准听完这三条路的介绍,苦笑地摇了摇头道:"都说我寇准来平西不出一月便一鸣惊人,他们哪里知道下邽和蒲城的地形根本不在一个级别。"甘鑫也眉头紧皱,说道:"难呀!"

张正看这两人,说道:"平仲你也别灰心啊,就是选嘛,要水患还是野怪?"

寇准叹了口气，抬头看了看营帐顶棚，道："现正值雨季，水患可能性太大，特别是河边行军，'水淹七军'可就惨了，敌人还没见到，自己淹死在了半路，实在晦气。这狮子路，咱们大军北进，什么妖魔鬼怪也不怕。我就怕这天险挡路，飞浪山地势易守难攻，几万兵力放在里面，我们是上不去的。"

甘鑫说："他们未必能想到我们走这条路。"

寇准摇了摇头，说："他们的谋士必定会料到。"

张正说："诸葛一鸣。"

"你说什么？"寇准疑惑地问。

"我说下阴势力里有一谋士叫诸葛一鸣，人称'小诸葛'，多谋算，大冷天的也要摇扇，自称要随时保持冷静。"张正道。

寇准、甘鑫一听就被逗笑了。笑归笑，可这诸葛一鸣既然被称作"小诸葛"，就绝非池中物，可到底怎样才能拿下这飞浪山天险呢？

7. 飞浪山之战

一支浩浩荡荡的军队沿着北山麓行进着，打头两个先锋将军穿着银亮的铠甲，背后是深黑色的披风。稍微年轻的那位将军留着小胡子，一杆乌金长枪横挂在腰间，左手扶着长枪，警惕着看着北山麓的树林。旁边那位稍微年长一点的将军背后则挂着虎头斧，磨得锃亮的斧刃在这山林间闪着寒光，正眯着眼睛，望着前方。

"今夜就能到飞浪山了吧？"年轻的小胡子将军问。年长的将军看了一眼远处，说："就快到了，不远了。"原来两人正是寇准手下

三、下邽之战

的两员大将——王青、章淦。两人正带着大队人马沿着北山麓往飞浪山出发,看来最终寇准还是选了狮子路。大军中间一辆马车晃晃悠悠地前进着,寇准也许正在这马车之中。

果然,傍晚时,一座高山逐渐出现在大军面前,从东坡穿过去,就到了他们此行的目的地蒲南小镇。然而他们不知道东坡上等待他们的究竟是什么,所以不敢掉以轻心。

这时候,飞浪山南麓,密林之间隐藏着一个军事营地。这个营地在山崖之上,可谓占据天险,易守难攻。一队人马正在这树缝之中窥探寇准的军队。

"一鸣兄果然神机妙算,知道他寇准小儿必然选择狮子路,哈哈哈,他可不知道,这狮子路的凶猛!"说话的正是张凯峰。

"哪里哪里,通河卜游水位太高,从那里行军只怕有去无回。官道一路更是重兵把守,他们肯定不会明目张胆从那里行军。"诸葛一鸣扇着扇子,慢慢说道。

与他们在一起的还有大将军元凉,他征战多年,经验丰富,仔细观察着军队,说道:"这支队伍虽说蜿蜒曲折,望不到边,可看阵势,却不像是主力。"

"管他是不是主力军,就算不是,估计也就是寇准没敢全军出击吧。就那么三条路,官道和埋沙道的密探都没有动静,寇准的军队只此一支,元兄不必多虑。"张凯峰看元凉畏首畏尾,很不爽,便道:"元凉将军在此等候,看我张某人这就带一队轻骑兵杀将下去,杀他们个措手不及。"张凯峰说完就带着他的副将离开了。

诸葛一鸣也觉得诡异,但觉得张凯峰说得有道理,便也没有阻

第四卷 澶渊和盟

止。他望着张凯峰的背影说:"穿上新铠甲。"张凯峰点了点头,没有再理会。

这时候,太阳刚被身后的山托住,还未下山,飞浪山已经近在眼前。前锋突然感到飞浪山上一阵骚动,大叫:"报告将军,前方树林有埋伏。"

"列阵,迎敌!"章淦大吼!只见一排重盾兵从队伍中鱼贯而出,手持厚木质重盾,整齐地在前方排成两排,长枪手们则手持长枪在盾兵后面,将他们的长枪架在盾上。阵型还未摆好,一阵箭雨来袭,大量的箭矢射在木盾之上。也有一部分箭雨穿过盾阵,射在了长枪手的铠甲之上。这箭雨下了一会儿,长枪手、盾兵虽称不上死伤惨重,可也确实元气大伤。这时候,飞浪山上战鼓雷鸣,一队兵马突然从三面山上杀将出来。他们从头盔上揭下黑布,只见头盔上都安着一面被磨得锃亮的小铜镜,正好将还未下山的日光一股脑地反射在宋军士兵的脸上。虽说这余晖并不耀眼,可千百面小镜子却是从四面八方将这四散的余晖聚集在了一个点上,士兵们顿时眼前一白,啥也看不清了。说时迟那时快,千百名骑兵冲了下来,犹如洪水一般,气势磅礴。还好大部队前方的盾兵和长枪手有盾牌保护,受到这光照影响较小。虽说后面的兵马乱作一团,但并没有慌了阵脚。可那骑兵下山的气势惊人,几乎没有减速,直接撞了上来。前面的骑兵敢死队直接被盾牌和长枪搅成了肉泥,盾兵们也都骨折、吐血,死伤一片。骑兵们并未减速,前仆后继,直接把这盾阵冲出个口子。冲进来的骑兵有如虎入羊圈,杀人如麻。

前方的先锋将军王青、章淦久经沙场,虽然也是第一次见识到

三、下邳之战

这阴毒之计,但他们迅速镇定下来。章淦大吼:"休要慌乱,自乱阵脚只会被杀,都别乱动,准备迎敌!"不愧是寇准训练有素的士兵,一旦有了指挥,便立马冷静下来。王青也定下神来,镜子的光芒一闪,他就立马闭眼,所以视力迅速恢复,待战马安定下来,他提着乌金长枪,就驾马向前,迎着骑兵杀了过去。

王青果然不愧是寇准手下的第一战将,乌金长枪在他手里仿佛活了一般,左突右进,张凯峰的骑兵们根本阻挡不住,冲在前面的都被他刺死了。他的黑面披风像一阵黑烟,所到之处,只有死亡。寇准的将士们看到王青如此勇猛,瞬间都兴奋了起来,不似之前那般恐慌,一个个提了兵器,砍杀起来。张凯峰见势,提起两把弯刀杀了过去。可没走几步,一股巨大的压力从侧面压了下来,他忙跳下马来,回身一看,自己的爱马已经被两柄大斧子砍成两段,鲜血流了一地。一个大汉跳了过来,又是一斧,要不是张凯峰灵活,险些被削去半个脑袋。

"张凯峰,别说你爷爷我欺负你,我的马已经让我打发了回去,咱们在地面上厮杀!"章淦左右走了两步,随意地挥了两下巨斧,他的周围便没有半个人影——都逃散了。

张凯峰舔了舔嘴唇,也不慌乱,左右手来回挥了两下,两把大弯刀虽说比双斧要轻,可也灵活。见章淦挥舞双斧并不灵活,他反而先发制人。可章淦机敏地向后一仰头,轻巧地避开了弯刀的横扫,右臂一扭动,斧刃便翻了上来,朝着张凯峰的下巴砍去。张凯峰没想到章淦竟有如此臂力,赶紧向后一倒,险些躺倒在地,不过要不是他躲得快,至少也会被砍掉一条手臂。章淦可不会等张凯峰站稳,他直接跳上去,又是两斧子,张凯峰这回难以闪避,只得挥刀来迎,刀斧相接的那一刹那,他只感觉虎口震裂,眼冒金星,两腿一软,跪了下去。这两方大将交手还没有两个来回,张凯峰就差点成了斧下冤魂,实力实在悬殊。寇准的士兵们自然是信心倍增,而张凯峰的手下们则全被镇住了,一时慌了手脚,不知所措。

战场局势瞬息万变,张凯峰的兵马气势汹汹地从飞浪山杀下来,确实让王青、章淦的盾兵折损大半。然而到头来他陷入了鏖战,自己的兵马也死伤一片。就在张凯峰进退两难的时候,一支冷箭直接将章淦击倒在地。

8. 救援

章淦只顾得跟张凯峰厮杀,根本顾不得身边的情况。就在章淦快要砍下张凯峰脑袋之际,元凉赶到了。这元凉,下阴人士,善骑射,有一把被称作"金刚阎罗"的劲弓,人送外号"阎罗眼"。这一冷箭,直接射穿了章淦的左肩膀,将其射倒在地。

"小贼章淦,老子跟你玩玩。"元凉带着手下百十来个精英,骑马杀来。

张凯峰见援军赶到,顿时放松了许多,抢得一匹战马,迅速跨上并向元凉这边骑来。章淦躺在地上,一时还难以起来,根本阻止不了张凯峰和元凉会合。王青倒是杀了出来,却被一阵箭雨又逼退了回去。

"看箭!"元凉再次拉起他的劲弓,将箭头瞄准了地上的章淦。

三、下邳之战

冷箭呼啸,势大力沉,直冲章淦胸口飞来。飞箭速度太快,章淦根本躲闪不及,只得举斧来迎。章淦本就力大无穷,可接着冷箭也是勉为其难。他只觉得虎口生疼,斧头砸到他胸口,当即就觉得肚子里翻江倒海,吐出一口血来。

"怎么会有如此之力量!"章淦勉强撑在地上,他知道自己已经很难抵挡第三箭了。"要不是你突放冷箭,我会怕你?"他为刚才元凉的突放冷箭愤恨不已,说完又吐了一口血。

"死人就该闭嘴。"元凉也知道自己的招数并非侠义,听到章淦最后的讥讽,他一咬牙,将第三支箭架在了他的劲弓之上并将箭头指向了章淦。

弓越张越满,章淦盯着元凉,眉毛皱在一起,已经准备迎接死亡。

然而这一箭飞了过去,却没有射中。章淦被突然出现的王青往旁边拖了半个身位,箭射空了。王青没等元凉重新架上弓箭,突然疾跑了起来,头盔上的红布也飘了起来。他将乌金长枪投掷了出去,不偏不倚将元凉扎下马去。这一切突然发生,身边没一个人能够反应过来。他们只知道,元凉就这么战死了。

元凉的突然阵亡对他的手下无疑是最大的打击,击杀他们将军的王青没有减速,继续朝他们疾跑过来,尽管王青现在手无寸铁,可他们只想调转马头往后逃跑。几个胆大的副将冲上去想要砍下王青的脑袋,这无疑是他们加官晋爵的好机会。可王青只一招就夺下了他们的兵器,三两下就把那儿个副将砍翻在地。王青跑到元凉的尸体旁,踩着那具尸体将自己的乌金长枪拔了出来,没

第四卷 澶渊和盟

有丝毫表情。看到这一幕的士兵只觉得这个身披黑袍的男人根本不是人,而是恶鬼,是魑魅魍魉。残余骑兵的斗志都不复存在了,他们丢盔卸甲,只想着往山上的大本营跑去。然而他们没走几步,就明白了为什么时间这么晚了天还没有暗下来,原来飞浪山上早就是火光冲天,只是大本营怎么会突然遭到袭击呢?宋军是怎么上去的?通过狮子路上山只有这一条路啊。

"你们怎么上来的?!"诸葛一鸣被两名士兵反手扣住,跪在地上。站在他面前的两个士兵不是别人,正是寇准和张正。

"很难得,还有我们小诸葛不知道的事情。"寇准面带微笑,讥讽道。

"你们怎么会从东山过来?"诸葛一鸣真的疑惑了,满眼都是难以置信的神情。一队精兵仿佛从天而降,在他的军营里四处放火。这队天降之师的奇袭很快让他的大本营丧失了作战能力,自己也沦为了寇准的俘虏。

"你以为我不知道你打的什么算盘?"寇准直视这个现世小诸葛道,"在飞浪山将我们一网打尽?张正,你带队下山,和王青、章淦一起前后夹击敌人。"

张正得令马上带人离开了。

"你的如意算盘打得不错。"寇准看着诸葛一鸣,轻描淡写地说,"可惜你算漏下了一样,飞浪山可不只有狮子路一条路能到。"

"可东面是通河啊?难道你们一开始就兵分两路?"小诸葛吃惊地问。

"哈哈哈,真聪明,你领悟得很快。我让你死个明白,诸葛一

三、下邳之战

鸣。我当然不会像傻子一样走进你的埋伏圈,我必须走这三条路中的一条。可我也许可以打破规则,选择其中的一条半。我的主要兵力从狮子路上走,可你不知道,我还有一部分兵力早就踏上了通河那条路。通河的上游没那么容易发生水患,不是吗,往往是上游的水彻底结冰的时候,中下游才会发生凌汛。"

"于是你们在快到飞浪山的时候,从通河这条路转移到了飞浪山的东面?"诸葛一鸣毕竟还是那个精明的谋士,一听便搞懂了寇准的计划,"你可真是个危险的对手,通河上现在结了冰,只要没有降水,你们就可以大摇大摆地在夜里从河对岸走过来,直达飞浪山下。"

"还是有一点冒险的,蒲南的天气随时可能会有暴雪,上游的水也快要将河堤淹没了,不过上天仿佛也觉得你们这些西北军阀时日不多了,这一路我毫无困难,一切都在按照计划行事。"寇准在这次对决中解决了飞浪山这一大难题,按捺不住内心的喜悦,然而想到弟兄们还在山下厮杀,他决定不在这里浪费太多时间。"不过你们下山的兵力还是给我造成了不小的伤害,我的盾兵已经损失过半了。来人,把他带下去。"说完,寇准骑上马,维持山上的战后秩序去了。然而他不知道,诸葛一鸣的一个手下,躲过了宋军,偷偷骑上一匹快马,迅速下山去了,骑行的方向正是蒲城。

9. 螳螂捕蝉,黄雀在后

飞浪山的战斗很快就结束了,寇准的大军前后夹击,张凯峰的军队还没搞清楚敌人是怎么从后方杀过来的时候,就被彻底击溃

第四卷　澶渊和盟

了。张凯峰也做了寇准的阶下囚,和诸葛一鸣一样,被押送到宋军大牢。章淦则在蒲南精心养伤,元凉的冷箭虽然只是射穿了他的肩膀,可箭上有毒,他还一直在死亡线上徘徊。随军郎中也拿这些他们不了解的毒没有什么办法,只能靠一些药草帮章淦续命,忙里忙外,急得满头大汗,希望尽早配制出解药。

寇准在蒲城南面的小镇蒲南外驻扎了下来。寇准想利用这段时间让他的将士们得到休息。既然已经控制了狮子路,他们只需要等押运粮草的后续部队从下邳赶来就行,这段时间士兵们就是操练和休整。毕竟过了蒲城,才算真正到了人家的地盘——下阴地界。

蒲城势力比较复杂,平西将军寇准很难在这里和李茂大动干戈。这里可以说是王钦若的地盘,蒲城的太守是王钦若的亲侄子王浩然。王浩然能动用一定的驻西兵力。虽然王浩然是朝廷的人,但不能指望他帮寇准什么,寇准甚至还不得不处处提防他。不过王浩然也不敢轻举妄动,如果直接和寇准正面冲突,也许会影响到王钦若日后的计划。

"寇准在蒲南待了几日了?"说话的正是王浩然,一个三十多岁的年轻人,官服舒适地贴在他的身上。他长得很矮胖,鼻子边上有一颗很大的痦子。很难想象他是儒雅的王钦若的亲侄子,两人并不相像。

"回禀大人,有七天了。"手下答道。

"好的,我知道了。你下去吧。"王浩然挥了挥手,让手下下去了。

三、下邳之战

"你怎么看?"一个娇柔女子的声音从王浩然身旁的屏风后面传了过来。

"很难对付他,我不能杀他,他不能死在我这里。他现在把西北军阀打得节节败退,是朝廷的红人。"王浩然很无奈地摇了摇头。

"可你叔叔传信说在这里除掉他。"女子的声音透露着一股狠劲。

"我当然知道要除掉他,可信里还说不能打草惊蛇!我不可能大摇大摆地带着兵去砍了寇准的头!"王浩然有点生气地说。

"借刀杀人,你觉得怎么样?"女子说,"既然他们已经闻讯而来。"

"你是说……让李茂来做这件事?"王浩然有点疑惑,"他不知道我们也想要寇准的命,我在这里他不敢造次。"

"有时候我真希望你能更聪明点,浩然。"女子从屏风后面走了出来,长长的黄色头发,碧蓝的眼睛,白白的皮肤,这个女子竟是一个契丹女谋士,"有时候你只需要把蟋蟀放在一个盒子里,它们就会互相撕咬,这是很简单的道理。你只需要……"

王浩然听从了她的计划,高兴地舔着嘴唇。

在蒲南的一个小饭馆里,寇准、张正、王青三人正在吃饭。

"章淦的情况怎样了?"张正问寇准。

"非常不好,虽然暂无性命之忧,可非常虚弱,他中了元凉的一种奇毒。"寇准眉头紧锁说道。

"我有错,当时不该一下子斩了元凉那老贼,我没想到箭上有

第四卷 澶渊和盟

毒。"王青很懊悔地说,"现在找不到解毒之法是我的错。"

"不是你的错,那种情况下你已经做得很好了,不然死伤会更严重。"寇准安慰道。

王青还是低下了头,没有再说话。突然一个人影在窗口晃动,张正敏捷地冲到窗口处,结果在窗台上看到了一封信。

"没看到什么人,只有这个。"张正拿着信回来,将它交到寇准手里。

寇准略有疑惑,将信展开,只见信上说:"明日酉时,蒲城西郊,剧毒解药,一人来拿。"

"一人来拿,这跟去送死有什么区别?"张正问道,"你怎么看?"

"疑点很多。"寇准拿着信,望着窗外的匆匆行人。

"我去,让我去。"王青突然说道,"一人来拿,又没说谁去,让我一个人去就行。"

"我觉得可以,王青武艺高强,比平仲去靠谱许多。"张正赞成道。

"可他们到底想要什么呢?"寇准自言自语道,"如果我们一点准备都没有就过去的话,无异于羊入虎口。李茂会做这种事吗?派人射伤了你,再给你送解药来,还要用这种单独约见的方式?"

"确实很值得怀疑。"张正说,"那你说怎么办?"

"去当然要去的,而且得由我亲自去。"只见王青脸色一变,一脸不满。寇准继续说道,"王青你先听我说,我去归去,可不能一点准备没有。我们要将计就计,好好商量一下。张正,你看呢?"

"你说得有道理,可我们咋想对策,如果你派一队人埋伏,对面

三、下邽之战

的人看出端倪,他们也许根本就不会露面。"张正回答道。

"或是你带一队人,我带一队人,直接变成一次约战了。"寇准似乎想明白了什么。

"哈哈哈,这不是找事么,我们早晚都要在下阴决战的,何必这么心急。"张正笑寇准,"这应该是骗你去,再把你杀掉罢了。"

"张正,你提醒了我,我有点想明白了。"寇准脸上露出了微笑。

"怎么回事,你快跟我们说说,你想明白了什么?"张正猛地站了起来,急不可耐地问。

"你先别管那么多了,这是我们掌握主动的好机会。明天你有一个重要的任务,我要你去见王浩然,以下邽通判的名义把王浩然约出来,商讨水患的整治问题,比如加固堤防之类的。总之明天不论怎样也要拖住王浩然,让他在明日酉时前不能有任何动作。"

"怎么会牵扯上王浩然呢,跟他有什么关系?"张正听了寇准的计划疑惑地摇了摇头。

"王青,你明天派人在酉时前埋伏好,无论谁来,生擒住他们带头的。"寇准接着跟王青说。

"可是这样不怕他们不出现吗?"张正还是没有明白寇准的意思。

"到时候你们自然就明白了。王浩然,螳螂捕蝉,没那么容易。"寇准没有看张正,而是朝着蒲城的方向恶狠狠地说。

"遵命,将军。"王青虽然也没有完全明白,可没有疑惑。因为在他心里,只要是寇准的命令一定有他的道理,他也一定要完成。

四、平定西北

1. 赌场巧遇

第二天天刚亮,寇准就前往蒲城去了。他已经许多年没有来过这里了,上次来的时候他还很小,印象里的蒲城特别繁华。事实上,蒲城是比下邳还要大的城市,现在寇准走在蒲城的主干大街上,感到这里更加气派了。这里各种势力错综复杂,他们大都不敢轻举妄动,反而在这收敛起来,导致蒲城就像是西部地区的暴风眼,安静、繁荣。

这里什么都有,街道上各种店铺,有服饰店、胭脂水粉店、小吃店、饭馆、茶室,还有很多娱乐场所,像赌坊、妓院等等。

"还是蒲城大啊。"寇准一边走一边还在感慨,然而他知道今天要面对的是什么。一想到即将到来的难题,寇准叹了口气。边走边想,寇准来到了蒲城最大的一家赌坊。赌坊这种场所,只有元旦才可以开放,然而仅在蒲城,这里可以常年开设赌坊,所以蒲城这个地儿才有那么多人都想要占有。

四、平定西北

但现在寇准只想进去放松放松,也许还能发点小财。

内厅很大,挤满了男男女女,他们很亢奋地挤在一张张的小桌子周围。桌子上有的摆着麻将,有的只是几个骰子。寇准很随意地看着,走到了一个掷骰子的桌子边,庄家正不停地将一个小杯子在大家面前摇来摇去。

"来来来,骰子在走,单双都有,是单是双,买定离手!"这个庄家一边摇着杯子,一边兴奋地吸引大家下注。很快,人们纷纷把手中的银子压了下去,有的人押了单,有的人把钱押在双这边。

"怎么样,玩玩试试吗?"庄家注意到了寇准这位新客人。

寇准摇了摇头,只是看着他们玩。

"五两,押单。"寇准旁边一个姑娘说。她戴着面巾,头上一顶红色的小帽子,包裹住了她的头发。

"如果我是你,我会押双的。"寇准悄悄跟她说。

那姑娘好奇地看了寇准两眼,在想他说这话的意思。然而桌子边押钱的人很快都下好注了,庄家立马将小杯子打开,她赶紧直直地盯着那两个骰子。

"四六,双!"庄家报出了数字。几家欢喜几家愁,桌子边上的人有的欢呼,有的哀叹。那姑娘偷偷问寇准:"你怎么知道的?"

"我就是知道,哈哈。山人自有妙计。"寇准卖了个关子,并不打算告诉这姑娘。

"来来来,骰子在走,单双都有,是单是双,买定离手!"庄家又吆喝了起来,新的赌局开始了。

"啪!"一个清脆的声音砸在了桌子上。"押单押双,下注吧。"

庄家看着大家说。

"这回是什么?"那姑娘偷偷问寇准。

寇准看了看那杯子,又看了桌子旁边的人们,悄悄地回答说:"还是双。"

没多少工夫,桌子边上的人基本都下了注,大部分人将钱押了单,小部分人押的是双。那女子听了寇准的建议,坚定地把钱押在了双上。

"好的,买定离手,答案揭晓!"庄家猛地把骰子盖打开,"哦,三三双,这回买双的人可是赚到咯!"

那姑娘更加震惊了,"你是怎么知道的?"她赶紧问道。

"哎呀,运气好而已。"寇准谦虚地说道。

然而他们的运气似乎怎么也用不完。女子在寇准的帮助下一直赢钱,他们玩得很尽兴,直到寇准感觉应该离开了。

"我得走了,一会儿有些事情。"寇准边说边慢慢地退到了赌坊大门口。

那女子也跟了出来,说:"谢谢你,我今天赚了很多,玩得很开心。这五十两送给你吧。"

寇准摆了摆手,说:"我不是为了钱,只是为了放松一下而已,哈哈。"

"你的性格倒是挺豪放的,像我们那边的人。"那女子说。

"像你们那边,你不是本地人吗?"寇准疑惑地问道。

"哦,对……能够诉我你是怎么能猜到单双的吗?"女子似乎觉得是自己说漏了嘴,赶紧岔开话题。

四、平定西北

"以后有缘再见的话,我再告诉你这个秘密吧。"寇准说着挥了挥手道,"我有事要去西郊,下次再见了。"

"你帮我赢了钱,我得报答你,无论什么事,今天不要去西郊,不然会倒霉的哦。至于我是怎么知道的,山人自有妙计,哈哈。"那女子说完,便是一阵银铃般的笑声。

寇准立马就感觉到这个女子不是一般的赌徒,甚至不是王浩然的手下就是李茂的人。

寇准没有再多说,立马转身离开了。

这女子正是王浩然屏风后的那位契丹谋士萧挞雪,此时正对着寇准的背影发了一会儿愣,她还是没想明白为什么这个男子总是能赢,突然很后悔没有问他叫什么名字。如果她知道这就是她今天计划要杀的人的话,可能就没这么悠然自得了。萧挞雪回到了赌坊,继续消磨了一段时间,可她心不在焉,没有刚才那个男子在旁边,她感到赌博都没什么意思了。她只知道这个男子的形象在脑海里挥之不去。西郊那边她已和王浩然商量好,按计划行事就好,然而她不知道,王浩然此时正被张正困在东城的茶楼里,根本离不开。

2. 西郊争锋

从蒲城西大门出去大约走两里路,就是蒲城人一般称作的西郊了,这一路上有很多周围村落的农民,把水果、蔬菜拿到这条通往西郊的路上来贩卖,赚一点小钱。蒲城里是有菜市场的,但是这个自发形成的小菜市场往往价格更便宜,蔬果也更新鲜。天气越

第四卷　澶渊和盟

来越寒冷,他们也想多赚点钱好准备过冬物品,毕竟棉花、粮食,还有柴火才是冬天里最重要的东西。寇准走着走着突然看到了两个小孩陪着一个老奶奶摆摊卖白菜。两个小孩可能也就四五岁的样子,小脸冻得红扑扑的,在奶奶身后跑来跑去,手里抓着小泥人。寇准看着他们,想到了自己小的时候。蒲城真的是一个好地方啊,虽然各种势力错综复杂,可却达到了一种奇异的平衡,从而维持了数十年的和平、安宁,老百姓过上了好日子。这里可比东北方安宁多了,北方有契丹入境,烧杀抢掠,京城有宰相,倾轧朝纲,鱼肉百姓。虽然西部军阀频出,可百姓们却难得地过上了自给自足的生活。自己这个打破平衡的人,真的做对了吗?寇准看着卖菜的老农们不停地向他推销自己的菜,他们脸上的笑是幸福的。

寇准边走边想,他的心情有点沉重,特别是就在他们不远处马上要发生战争,自己更是打破整个西部地区平衡的人。

西郊很快就到了。这里还有一些卖菜的菜农,但寇准已经认出了这些都是他的人。西郊树林里也藏了很多士兵,酉时也快到了。这时候,一阵急乱的马蹄声从远处官道上传了过来,有四五百人的样子。寇准站在那里,不为所动。很快,大约有五百个轻骑兵站在了西郊的荒野上,树林里不停有寒光闪现,明眼人一看就是中了埋伏。然而领头的将领不紧不慢,戴着黑色的虎头盔,铠甲似乎由精铁打造,寒光烁烁。腰上挎着一把金色的宝剑,剑鞘由乌木制成,一看就是上品。他的背上有两把短戟,青蓝色的短戟在夕阳的余晖中散发着醉人的光芒。

"请问是寇准寇大人吗?"领头的将领问道。他两拳一抱,做了

四、平定西北

行礼的样子。

"正是在下,想必您就是李茂李大人了。"寇准又扫了一眼他的部下,很难想象这是一支地方军阀,整齐的队伍,严谨的阵型。寇准知道即使现在左右夹击,这支队伍依旧能够从容撤退。这也就是明知道有埋伏,李茂也依旧敢于随意进入的原因。

"年轻有为啊,寇大人!才几月有余,就已经平定了大半个西北,让我等闻风丧胆!"李茂有点生气地说,然而他说"闻风丧胆"的时候眼睛里却没有一丝恐惧。

"您过奖了,一点计策罢了,都是听皇上号令。"寇准抱了抱拳说,"李大人,可否按照约定,将元凉大人的解药给我,我的一个将领中了毒箭。"

"元凉都让你害死了,你现在还来问我要解药?"李茂恶狠狠地说,摸了一下腰间的剑柄。他一做这个动作,手下们全部将手放在了兵器上,随时准备冲上来把寇准砍成两段。

"李大人不必激动,寇某人也是奉命行事,扫清西部。元凉射冷箭在先,射伤章淦,我手下的一个小将为了救章淦失手将元凉杀了。"寇准赶紧解释道。

"胡说,元凉将军人称阎罗眼,南征北战,参与大小战役十数余次,杀敌无数,怎么会被你手下的小将给杀掉?"李茂指着寇准说。

"我不知道具体情况是怎样的,只知道事实就是这样。"寇准一副很无奈的样子。

"你的那个小将今日可曾来了?"李茂达是摇了摇头,想看一看能杀死元凉的人是谁。

第四卷 澶渊和盟

寇准走到一个假扮农夫的士兵前面,问:"王青王将军今日可来了?"

士兵回答:"大将军,王将军来了,他率兵在西郊树林,战鼓为号,随时可带兵出击。"

"好,你去让鼓号手发信号,让他们出来,但不可轻举妄动,不能发动攻击。"寇准望了望那小树林,转身对士兵说道。

"属下遵命!"士兵立即转身,跑到一个卖米的老农面前。老农听罢,立即将车上的米缸盖子扔了下来,里面藏着一只打鼓。只见他拿着鼓槌,平稳而有节奏地敲击着,就像行军鼓一样,这应该就是暗号了。

只见那西郊树林一阵骚动,一个手握乌金长枪,身披黑色战袍,一身灰色战甲的小将出现了。他只有二十岁的样子,但冷峻的神情却给人成熟、坚毅的感觉。士兵们在他的带领下没有发动攻击,而是整齐地排在了寇准的身后,七八百人列阵,无一人嘈杂,整个过程也就一炷香的工夫。不愧是皇家的正规军,不愧是寇准训练出来的精英。

看到如此情景,身经百战的李茂也有点吃惊,心里暗想,这寇准真是有备而来,不好对付啊。他看见领头的黑袍小将军,便指着他问寇准:"想必那位便是杀了元凉将军的小将吧?"

寇准没有答话,朝王青挥了挥手,说:"王青,过来,李茂大人也想认识你。"

"末将遵命!"王青听罢立即驱马靠了过来,立马站在了寇准身后,跟李茂对视着。

四、平定西北

"可真是个小将,说这孩子杀了元凉,我可不信。你看他细胳膊细腿的,元凉可是魁梧的武士。"李茂不屑地摇了摇头。

"这有什么,寇准大人比我王青大不了几岁,就已经是平西将军,用兵如神,战功无数。我在寇将军手下做事,要学习的还多着呢。"王青看李茂瞧不起自己,愤恨地说。

"哎,王青,李将军说得有道理。年轻人确实需要长辈多多管束才能进步得更快。咱俩算同龄人,我是管不了你的。不如这样吧,李将军您跟我们这个小将军切磋几个回合,管教管教他?"寇准面带微笑地对李茂说。

李茂心想,这寇准到底打的什么算盘,把我找来不决斗,倒让一个小将跟我单挑。"好啊,寇准大人,咱们英雄相惜,今日就不决战了。帮你教育手下,我倒是当仁不让,毕竟我还有仇要报呢,我得给死去的元凉兄一个公道。"说着,李茂就去摸背上的双短戟。他的双短戟有着红色的手柄,上有两条龙纹直至短戟头。这武器是戟类的一种,比较少见,虽然柄短,但也比一般的刀剑要长。戟一般很重,但挥舞起来大开大合,轻松自如,可抵四方之敌。李茂据说是用双短戟最厉害的人,因为他的武器比较少见,不明白的人还以为他将长戟折断了使用,因而人送外号"双戟狂公子"。

真的见了李茂,寇准才明白了他这个外号的意思。李茂的精钢板甲在风中飘舞,身子挺得直直的,虽说人已到中年,可健硕的身体、白皙的面庞一点都没有老态,在这沙场上真有一种优雅从容的感觉,他的军队也散发着这种气质。狂公子李茂将双戟垂在身子的内侧,对王青怒目而视,战斗一触即发。

寇准赶紧说:"李大人真有双戟狂公子之风范,寇某人今日有幸见识,真是三生有幸。可李大人要教育我的属下,总得给晚辈一点礼物吧。如果您教育完了,元凉毒箭的解药可否给我们?"

"元凉的毒,确实有解药,不过能不能给你们,还得问问这两把游龙戟。"李茂舒展身体,将双戟举了起来,向王青大吼一声,"随我来,吃我一戟!"便驾马冲了出去。

王青没有立即迎上去,他看了一眼寇准,寇准朝王青点了点头。

3. 金枪哮西风

王青慢慢地骑马跟了上去,把他的乌金长枪垂摆在小腿旁的位置,李茂已经在不远的地方等待着他了。他举起右手的游龙戟,非常挑衅地直指王青。王青突然加快速度,一个眨眼的工夫已经来到李茂眼前,猛地提枪就是一刺。王青这一刺快得根本看不清,这一招也把李茂吓了一大跳,他原以为元凉是被这小子用阴招害死的,没想到他真的有点实力。李茂立即用挥舞双戟来挡,将乌金长枪往自己左侧一推,他感觉乌金长枪的那头像是插在石缝里的,即便使出浑身力气,也纹丝未动。王青的出枪速度太快了,这一切都发生在电光石火间。眼看那枪就要伤到自己,李茂不愧是经验丰富的战将,立即将身子一侧,顺势侧倒在马背上,躲过了这一刺。他本想顺势使出他的必杀回马枪,朝王青背上来一戟,可刚一用劲,只感觉浑身虚脱,使不出力气,只好作罢继续往前骑。

两人在不远的地方停了下来,转身对视。这一交手李茂就知

四、平定西北

道自己错了,这王青虽然年轻,可实力绝不在他之下。他万万没想到这个看起来瘦瘦的小将竟有这么大的力量。

他们这一交手也引发了两边的呼声。有的为李茂巧妙地躺下躲枪而叫好,有的为王青初生牛犊不怕虎,直接往李茂身上刺而欢呼。然而寇准明白,这李茂绝对没有看上去的那么轻松。

这次王青先动了,他像一阵黑烟一样飘了起来,乌金长枪垂放在他的小腿处,朝李茂袭来。李茂只好策马来迎,将短戟交叉护在胸前,做好了防御准备。手下们看到李茂用了这一招就知道他们的将军这次是动真格的了,只有如临大敌的时候,李茂才会用这种防身的招式。他们头上微微冒着汗,为自己的将军担心。

王青又是一次迅速地朝脸突刺,李茂将双戟摆在面前,抵挡住了乌金长枪。只见王青迅速一收,再紧接一个突刺,这下直抵李茂的胸口。李茂只好再次躺身躲过身体被穿透的命运,不过王青似乎早知道他有这招,这一刺后立马转成了拍击,直接给了李茂胸口一击。李茂当即觉得肚子里翻江倒海,强忍着没有喷血。两人交完手,又是骑马到两边。王青横枪立马,立于一个小坡之上,乌黑的披风在身后飘荡,略微俯视着李茂,当真有绝代风采。

李茂骑马立于一边,表情有点狰狞,没有了刚才的那份优雅从容。"哈哈哈……后生可畏啊!"虽说这两个回合李茂没有占到半点便宜,但气势上倒也没输给王青多少。他猛地策马向王青冲去,将双戟摆在身后,王青则提枪来迎。李茂左手一个侧劈,劈到了王青的枪杆上,右手紧接一个横扫,王青将抵在枪上的那把戟往前用力推,顺势就往李茂右手一刺,这一刺直接将李茂的右臂甲胄刺出一个大窟窿,皮也带下了一块。可这李茂不愧是狂公子,像没事一样直接横戟往王青下腹刺去。王青不得已,用力将枪扯了出来,侧身骑马逃开了。

李茂直接策马追了上去,非要给王青一戟不可。可这一着急倒把自己的缺陷给暴露了,王青还没走几步,掉头就是一枪,这一枪力量极大,李茂掉下马在地上打了好几个滚,再也没有了公子风范。

李茂的将士们一阵骚乱,一个个就要上来生吞了王青。王青刚想冲上去补上两枪,立即被寇准叫住:"王青,住手。只是切磋,点到为止!"王青没有多问,收枪策马回到了寇准身旁。李茂的几个副将冲到李茂身旁,将他扶了起来。一个副将把李茂的双戟小心地提着,还有一个副将则把他的马牵了回来。

"李大人,我这小将实在是不懂事,看来您也教育不了他。"寇准面带微笑地说。李茂很无奈地摇了摇头,说:"今日算是中了你的诡计。"说完让一个士兵托着一个盒子过来了,李茂说,"这是元凉的解药,你收下吧。我李茂虽说中了你的道,可还是言而有信的。"

"你中的可不是我的道。"寇准收下那盒子,交给了一旁的甘鑫。

"什么意思,不是你写信给我,让我来此地决一死战的吗?"李茂一脸的疑惑。

"我怎么可能约您在这里决一死战,我们刚拿下蒲南,正在休养,这时候约您决战,不是自讨没趣吗?"寇准摇了摇头道。

四、平定西北

"你是说有人帮我们各自下了战书?"李茂脸上的疑惑更重了,但他似乎想到了什么。

"李大人,这是谁的地盘?"寇准问道。

"这是蒲城,各方势力都有,可主要还是王浩然王大人的地盘。"李茂经寇准这么一提醒,立即想通了。

"你看,说曹操,曹操来了。"寇准指了指东面,一个矮胖子骑着骏马过来了,后面跟着几百个轻骑兵。张正一脸醉醺醺的样子,在后面一边骑马一边追赶着王浩然道:"浩然兄,酒喝多了,不能骑马呀,再玩一会儿嘛,你着急去哪儿啊?"

王浩然和张正骑马来到寇准身边,只见他俩酒气熏天,看来是刚从酒馆里出来。王浩然被张正灌成这样,竟还能带兵过来,想要最后掺和一脚。

寇准作为平西将军,可谓位高权重。王浩然虽说暗地里是依仗着叔叔王钦若的,可这时候在寇准面前不能不假装低头。他假惺惺地说:"寇将军旅途劳顿,视察……察蒲城,有失远迎,还望海涵!"

"浩然兄雅兴啊,今日可喝足了?"寇准强忍着没有笑出声来,看到他的帽子都戴歪了,显得特别滑稽。可寇准完全想不通,这种小把戏就能将他困住的话,这螳螂捕蝉的计谋他是怎么想出来的,看样子这王浩然也没多少城府。

"哪里哪里,今日正好是张正兄约我喝酒,没想到聊得投机,差点错过……"王浩然的小眼睛因为喝酒充满了血丝,他眯着眼睛扫视了一下局面。

第四卷 澶渊和盟

"差点错过?"寇准一副似笑非笑的样子。

王浩然假装没听见,醉醺醺地用手指着不远处的李茂说:"这不是叛贼李茂吗?给我……"话没说完就醉倒过去了。几个士兵牵着马车过来了,将他们的主子小心地抬上马车,王浩然的兵将们就跟着这辆马车原路返回了。张正看王浩然离开了,终于没忍住"扑哧"一声笑出声来。

"哈哈哈……"寇准忍不住哈哈大笑起来,李茂也笑了起来。在场的看到这一幕的将领也都忍俊不禁。

"这胖子将咱俩约到这里来,看我们鹬蚌相争,他准备渔翁得利。还好咱俩都算好脾气之人,没有拼个你死我活,不然咱俩今天都得埋在这里。"寇准对李茂说。

"早闻寇兄机敏过人,有经世之才。今日一见,果然不同凡响。要不是寇兄料事如神,我李茂最终非惨死在这里不可。"

寇准微笑了一下,对甘鑫说:"把诸葛一鸣带上来。"

甘鑫派人将诸葛一鸣押了上来。寇准说:"李兄,您的军师这几日在我那里做客。我招待应该还算周全,今日我想他应该回您那里了。"说完向诸葛一鸣做了一个请的手势,诸葛一鸣立马跑了过去。

李茂默默地点了点头,什么也没说。这次交锋他已经完全输给这个年轻人了,就连自己引以为傲的武艺也不如他的一个小将。一想到接下来还要继续和这个人战斗,李茂有点忧虑。

"今天的事情您也看到了,其实有时候我们有一个共同的敌人。在我看来,您虽说是乱党,可也算保着一方安宁。我们这个共

四、平定西北

同的敌人却生怕国家稳固,边疆安定,只因为自己的权欲而置我大宋百姓于水火之中。今天我从蒲城走到西郊,一路皆是菜农、果农,他们推着小车,从田地里到蒲城西大门,为了一点小钱,不辞劳苦,可我在他们的脸上看到的是幸福、安详的神情。可从酉时到现在,我估计他们没卖出几棵菜,还不是因为我们一来二往,骑马持枪,让他们不得安宁啊!"寇准非常感慨地说道。

李茂听着点了点头,但又摇了摇头,听那声音似乎在说:当今皇上懦弱。

"当今皇上确实不喜爱打仗、争斗。我在朝廷费了好大的力气,才劝服他对北部边境的契丹人入侵进行反击。杨嗣将军现在已经去抗击契丹了。不过我倒是能够理解皇上的心情了,能和则和吧,打仗苦的是百姓。"寇准声音很轻,可这轻轻的声音也确实触动了在场的很多人。

"可和不和咱也很难说了算,耶律隆绪恃才傲物,举兵入侵,犯我大宋疆界。咱大宋皇帝想跟他和解,人家还不理呢,这才派杨嗣将军去反击,数月有余了,不知现如今情况如何。"寇准边说边思考着。

李茂听了寇准说的这些话,也深有启发,一腔爱国之情涌上心头。

4. 共同的敌人

李茂重新骑上了他的战马,这时候天已经完全黑了,士兵们点起了火把。两方骑兵一千余人,星星火把,连成长龙。在这夜空下,有些悲壮的意味。也许是听了寇准的肺腑之言,也许是受到那忽明忽暗的火把的感染,李茂觉得大宋这把大火已经在这风雨中忽明忽暗,不像多年前那么炽热了。不论怎样,自己始终是个宋人啊。

"可我是个乱臣贼子啊,寇老弟。"李茂盯着远处的火把,淡淡地说出了这句话,充满着无奈的口气,"缴械投降,我只有死路一条。"

寇准没有立即回答他,好像是在自言自语:"现在我是什么平西将军?可我宁愿什么都不是,只是一个在北部前线上的小兵。死在那战场上,这总比死在自己府上强。最起码我们已经尽力了,不是吗?最悲哀的是,也许我们最终会死在自己人手里。呵呵呵呵……唉。"一声哀叹过后则是很长时间的沉默。

李茂拍了拍马,驱赶着离寇准近了一些,道:"寇兄,你的实力真的很强,手下也都是勇武之师。我想,你们继续推进,下阴被攻破是早晚的事情。"

"天命不可违,我也实属无奈。如果这仗非要我打,我非赢不可,只有内部稳定了,才能团结一致,抗击耶律隆绪,而且我要速战速决。因为晚一天,北部边关被破的可能性就多一分,我掌握着太多的兵力,这些兵力不该在这里围剿自己人。"寇准道。

李茂弯下身子,俯身靠近寇准,道:"我的这些弟兄们能进入你的军队吗?你也看到了,他们不比正规军差。"

寇准眼睛里充满着信心和感动,说:"如果您是认真的,他们将是我最重要的队伍;而我将感激不尽,朝廷也不会忘记你。"

四、平定西北

"当权者不会让我活命的,只要我还在世一天,我就是朝廷的头号通缉犯,第一个要铲除的对象。可如果我的士兵们能跟你一起去抗击契丹,我也算为大宋子民做了一点事。"李茂说到最后,露出了温暖的微笑。他没等寇准回答,就驱马回到了自己的阵营。他边走边说:"众将领听令,从今日起,我们全部投靠寇将军的平西军!"话音未落,阵营中一阵骚动。李茂没有犹豫,继续说,"我知道,这听起来很奇怪,被镇压的叛军竟然主动投降了。可如今的情况不一样了!我们之所以没有听从皇帝号令,那是因为他之前懦弱,对于外族的入侵他无动于衷,只是割地、给钱,换一时的安宁。可现在情况已经发生了改变。寇将军跟我们说,皇帝派人去北部边境抗击契丹了,杨嗣将军身先士卒,与少卫和耶律隆绪战斗。我觉得我们不能再这样下去了,我们都是热血男儿,只想为我们的家人抛头颅洒热血。如果契丹十万大军大举入侵,我们的家就不复存在了,我们只能看着家人死去。现在我们必须去前线战斗!寇将军的实力各位有目共睹,他短短几个月内就让我们一连吃了几回败仗。现在他承诺,让我们加入他的部队,平西战争一结束,立即赶往东北,支援杨家军,抗击契丹!"

所有的士兵听到李茂的这些话都激动万分,诸葛一鸣问道:"李将军,您也跟我们一起去前线吗?"

"我有点老了。"李茂说。

"您在我们心里是最强大的!"一个小将军大声说道。很多士兵也都立刻附和着,最后所有将士高呼:"狂公子李茂最强!最强!"寇准也被他们感染了,也带着他的手下跟着一起高呼。

第四卷　澶渊和盟

李茂举起左手,一握拳,整个阵营立即安静下来,一点杂乱的声音都没有了。他接着说:"弟兄们,你们有这份心我就很满意了。可有时候,就像寇将军说的,天命难违。我会尽力争取的,我相信寇老弟也会在这里帮助我。如果我能恢复身份,免除罪责,我肯定愿意成为大家的左膀右臂,一起去前线上阵杀敌!"

寇准点了点头,道:"放心吧,我定会请求皇上免除你的罪责,让你和我一起去抗击契丹!"

听到寇准这么说,士兵们又一次欢呼起来。他们高举着兵器,齐声欢呼:"力保大宋江山!"寇准和李茂脸上终于露出了笑容。

"力保大宋江山"这几个字喊得地动山摇,甚至蒲城内也都能听见。王浩然早已醉倒睡过去了,根本不省人事。倒是萧挞雪还站在窗口,看见那片被火把映红的天空时,生气地咬着下嘴唇。心想,没想到姓王的这么点事都办不成,一点便宜没捞到,还把计划暴露了,寇准这小子真是够可以的。

不过,萧挞雪的脑海中又浮现出了赌坊中那男子的脸,他是谁呢,长得不错,看起来也很年轻。他不会是去西郊约会吧?想到这里,萧挞雪突然把脖子伸得很长,眼睛瞪得圆圆的。没想到,她竟老想着那汉人小子。

"保卫大宋江……阿嚏。"寇准一边呼号,一边打喷嚏。甘鑫赶紧说:"将军,我们撤了吧,天太冷了,您感染风寒就不好了。"

"有道理,解药派人送回去了吗?"寇准问甘鑫。甘鑫点了点头,说:"将军您放心好了,我已派人快马加鞭送回蒲南,估计章淦

四、平定西北

将军已经恢复了。"

寇准点了点头,朝李茂说:"李兄,夜晚寒冷,我们先行告辞了。您也先回去吧,我们到时候下阴再见。"说完两人互相点了点头,各自打道回府了。

五、针锋相对

1. 瓦桥关沦陷

遂城外,瓦桥关。

瓦桥关是隔绝契丹和大宋的最后一道防线了。杨嗣、杨延朗两位将军在边境抵抗住了契丹大军的侵袭。契丹人依仗兵多将广,兵分两路南下,耶律隆绪的大军在高梁河遭到坚决抵抗,数月没能前进,进攻关内;而契丹大将军萧挞凛却一路厮杀,不断胜利,直接打到了瓦桥关。瓦桥关一破,契丹大军就进入宋境了。他们入境后,首要目标就是遂城,进而是定州,这是他们攻打东京汴梁遇到的第一座堡垒。

遂城内,宋军各部将军早已成了热锅上的蚂蚁,在营帐内团团转。护城将军王先知此时面如土色,看着自己的手下,又把问了无数遍的问题再次抛出来问道:"杨将军来了吗?"

他的一个手下说:"报告将军,杨将军得知瓦桥关告急,此时已经在往遂城进发。但据探子回报,少说也要一二十天才能赶来。"

五、针锋相对

"一二十天啊,这可如何是好。契丹大军已经兵临城下,强攻瓦桥关不是今日就是明日了。"王先知垂下头,闭上眼睛,一副愁眉不展的样子,"各位将军,可有破敌之计?"

刚刚嘈杂的军帐一下子变得安静了。将领们一个个也是愁眉不展的样子。一个长着络腮胡子,身高八尺,虎背熊腰的将军说道:"王大人,各位将军,不必多虑,我边防步兵有五千余人,轻骑兵八百有余。您给我步兵三千,骑兵五百调配,我定护住瓦桥关十日有余,待杨将军支援,大破契丹军!"

王先知一听可算有了希望,虽然这希望实在渺小。这次契丹大军入侵,耶律隆绪领兵十万入关。十万大军兵分两路,耶律隆绪带小部分军队佯攻高粱河,牵制杨家军数月,大部队直攻瓦桥关而来。王先知只好说:"徐饶大将军,有您在我放心多了。可敌我兵力实在悬殊,我怕咱们这是螳臂当车啊。"

徐饶说:"王将军,横竖都是一死,不如战死沙场,能多拖一个下黄泉也要多拖一个。"

王先知听后身上的血也立马热了起来,整个营帐的大小将领一个个向王先知请愿:"末将也要带兵在关外抵抗契丹!"

"好,众将军听令,现如今契丹人已经攻到我们跟前了!他们就在瓦桥关外觊觎着我大宋江山。瓦桥关一旦破了,他们进遂城就不费吹灰之力了。现我命徐饶为先锋大将军,李朗为左边锋,杨灿为右边锋,带步兵三千,骑兵五百,在关外驻守。一旦辽军进攻,立即应敌,死拼到底。我作为这次守关的统战元帅,和其余将军带剩余兵力驻守瓦桥关上,做徐饶将军的坚实后盾!"

第四卷 澶渊和盟

"末将得令！"众将齐声说道。本来面如土色的守关将士们因为众将军的高涨热情也慢慢恢复了过来。他们在王先知和徐饶的带领下紧张有序地前往瓦桥关布防。他们想到要守护的家人，即使面对再凶猛的敌人，也都表现出了坚毅和冷峻。五千人的布防阵列很快就完成了。他们刚完成布防的当天晚上，就看到远处的火把升了起来，原来契丹人真的已经兵临城下了，但他们当晚并没有进攻，士兵们只能紧张地准备着。

这一晚似乎格外漫长。天刚破晓，三千士兵就列好了阵，从盾兵、枪兵、弓箭手，到两边的轻骑兵，井然有序，他们脸上都是视死如归的表情。站在瓦桥关上的王先知更是如此。

大约八万人的契丹大军，浩浩荡荡，根本望不到头。大军前进扬起的风沙把天都遮住了，昏昏黄黄的。契丹军队跟宋军不同，以骑兵为主，一个个长得壮硕魁梧，手上的大弯刀有大半个人那么高，锋刃磨得仿佛能砍断一座桥。

现在王先知的表情又愁苦起来，不自觉地往东面的大道看了看，希望也许能出现一点奇迹。然而那里什么都没有，只有一如既往升起的朝阳，静静地洒下血色一样的光芒。

京城，皇宫内。赵恒此时坐在朝堂的龙椅之上，一副愁眉不展的样子。他在刚刚得知瓦桥关和遂城已经失守。据快马回来的探子回报，萧挞凛三日前对瓦桥关发动了总攻，这个契丹元帅率领八万契丹军士，冲击了大宋隔绝契丹的最后一道防线。据说战斗只进行了不到一个时辰就结束了，守卫瓦桥关的五千精兵全部阵亡，

五、针锋相对

甚至可以说是被屠杀的。守关将军王先知被生擒,现今生死不明,徐饶带领五百骑兵勇猛赴死。想到这里,赵恒心里一阵酸楚,接下来就是定州了,他暗自忖度着。

王钦若此时已经重回朝堂之上,看到赵恒坐立不安,在龙椅上愁眉不展,当即跪伏在地,说道:"陛下,契丹大军乃虎狼之师,半天时日竟连破我大宋两道关卡,现王先知还在契丹人手中,生死不明。契丹人好战,我们虽以卵击石,可仍旧激怒了这只老虎。他们在遂城烧杀抢掠,陛下,倘若继续与他们顽抗,恐怕将会有更多的百姓遭到无辜的杀害。陛下,臣冒死以谏,割地求和,迁都升州吧!"

"臣附议。"曹利用也跪下了。王钦若派的很多大臣也都跪下了。这次辽国打进边关,让很多主战派也犹豫了。辽国兵力实在强悍,耶律隆绪、萧挞凛更是善于用兵,连杨嗣这回也吃了亏,被辽国小部分人马牵制着,无法回援。

毕士安看皇上骑虎难下,赶紧也跪拜道:"皇上,杨家军还未曾战败,虽然边关告急,可待杨将军重新对阵辽国主力时,谁胜谁负还未可知啊!"

"未可知,未可知!毕大人,您可不要因为一个未可知,一个小小的希望,就再撺掇皇上去抗击契丹了!难道您嫌死的人还不够多吗?皇上,请您明鉴啊!"王钦若一副呼天抢地的样子,跪倒在地不说话了。

"皇上,据前线的消息,徐饶等几个大将军,死战到最后一刻,也没有离开边关一步,他们是为国捐躯啊。他们明白,今日战斗,他们死在战场上,今日退缩,他们就会和妻儿死在家中!皇上,还请不要放弃希望,待杨将军在沙场和契丹人决一雌雄!定州兵力还算充足,只要能坚持到杨家军赶来,我们有信心把他们打回老家去。"

赵恒点了点头,不想让边防将士白死,更不想割地求和。大宋已经做了太多的让步,他不想大宋最后在他手里亡国。这两天边关虽然有危机,可西部还是有好事的。他想起了寇准,问道:"寇将军平西大捷,所有地方割据势力均被铲除,内患基本消除了。寇将军何时归来?"

毕士安手下的一个侍郎官回禀道:"陛下,寇将军现已从下阴出发,火速归来,预计不出半月将会到达。"

赵恒点了点头,道:"希望辽国能给我们更多的时间吧。"

2. 回京

寇准做梦也没想到,平西之路最后是这样收尾的。他本以为和最大的强敌李茂的决战将会造成死伤无数,血流成河,无辜百姓家破人亡。可这一切都没有发生,他和李茂还在下阴喝了好几回酒。李茂其实根本不想兴兵作乱,他是被逼迫的。他怕有一天赵恒导致国家灭亡,所以倒不如早一点自立门户。不过既然现在皇上愿意抗辽,那么他的地方武装力量也就没什么存在意义了,结果他的军队一并加入了寇准的抗辽军。寇准来平西的时候,率兵两万,结果离开的时候,不仅兵力没有削减,反而变成三万多人马。有时候连寇准都不禁佩服自己。

五、针锋相对

可这一切还得感谢王浩然那个胖子。要不是他的那个"阴谋诡计",他也不会想到跟李茂来一场这么交心的谈话,竟然直接让李茂投降了。

寇准身在西北,并不知道北部前线已经告急。他从下阴出来,并没有直接奔赴京城,而是回了一趟下邳老家。张正回到下邳就不能再走了,毕竟他是下邳通判,没法陪寇准回京。寇准已经决定要把欣悦和母亲接到京城里去,母亲住惯了下邳老家,舍不得离开。

"娘,你舍不得离开,谁帮着张罗孩子的婚礼呢。没几年您可能还会抱孙子,还有把欣悦接走……"寇准话还没说完,老人就进里屋收拾东西去了,一脸的兴高采烈。再看看一旁的欣悦,红着脸、低着头也跑去帮寇母整理包裹。

寇准望着两人,发现自己的口才真不是一般的好。"说不定靠我一张嘴,能退契丹万人之兵呢!"他喃喃自语道。说归说,不战而屈人之兵的好处寇准这回可是享受到了。

于是,浩浩荡荡的队伍从下邳出发了。李茂在没有确定自己是否安全之前,是不会显山露水的,他要过一段隐姓埋名的日子。张凯峰倒是货真价实的叛军首领,被直接押回京城等待皇帝发落。甘鑫、王青等文武将领,还有恢复得差不多的章淦,也随寇准踏上了归途。由于连战告捷,他们一路上心情都很不错,有说有笑。寇准跟欣悦在这一路上,感情也更加好了,渐渐回到了小时候的那种状态。然而他们不知道的是,有一些人根本没想让寇准活着回来。

寇准一行离开下邳已经三天了。他们为了更早回京,大部分

第四卷 澶渊和盟

时间都在赶路,也多亏了寇准的军队训练有素,很快就到北兴军路上了,还有十天左右就可以到达京城。

官道上本应人来人往,可他们走了几个时辰,突然北兴军路上的人流变得特别多。由于寇准赶了这么远的路,这一变化他并没有感受到。他只是觉得越到京城人越多是很正常的,不过他们都是往京城的反方向走,一个个似乎都在逃难。天色渐晚,落日西垂。寇准下令在官道旁的山坡上驻营休整,让几个将领轮流带兵巡逻,自己则回到营帐中休息。

不一会儿,柴欣悦端着托盘上来了,托盘上是一些饭菜。

"娘吃过了吗?"寇准问柴欣悦。

"已经吃过歇息了。"柴欣悦把托盘放到了桌子上。她今天穿着红色的裙子,梳着长长的辫子。寇准拿起筷子就吃了起来,边吃边说道:"太好了,我真的饿坏了。"

欣悦也开始吃了起来,"还跟小孩子一样,饿一顿都不行"。她假装在嘲笑寇准。寇准没有答话,只顾着不停地往嘴里塞吃的,好不容易咽下去,说:"这几日辛苦了吧?"

"这有什么,我也是经常要在外奔波的,家里事情那么多,现在我跟你去京城了,也不知道把事情全都交给我哥能不能行。"欣悦说。

"别担心啦,柴大哥还需要你担心吗,多此一举。"

"不过我可以照顾京城的生意了,这样也好。"柴欣悦仿佛没有听到寇准的话,自顾自地说。

寇准很无奈地笑了笑,继续吃饭。

五、针锋相对

吃罢晚饭,寇准邀请欣悦去外面走走。两人走出营帐,路上遇见了王青的巡逻队。寇准走上去问:"有没有什么情况?"

"回禀将军,一切正常。"王青下马跟寇准禀报道。

"好,我知道了。我们去那边走走,散散步。你们注意防范。"

"末将遵命!"说罢,巡逻队便离开了。

这是一个很矮的小山头,军营驻扎在山坡和山坡下面的小平原上。这个小山坡覆盖着绿油油的草坪,还有数不清的小野花点缀其间。整个山坡没有一棵树,只在山头上有一棵很高的白杨。寇准和柴欣悦两人没走几步,就走到了树下,山头那边也是一片草原。这晚月亮很亮很圆,没有什么云彩,整个草原都被盈盈的月光笼罩着,仿佛一片银色的海洋,广阔无垠。

柴欣悦蹦蹦跳跳地跑到了山头上,被这个景象彻底迷住了,吃惊地说:"哇,平仲你快看,太美了!像大海,虽然我没见过大海。"说完自己都笑了起来。

寇准听完也笑了起来,不过眼前的景象确实很美,只有草原上才有如此广阔的景象。"等打完仗,我们去南方的海边,我带你去看看大海。我也没看过大海呢,肯定更好看。"寇准看着欣悦的脸,她的脸在皎洁的月光下也变得盈盈的,仿佛涂了一层银粉。她的眼睛本来就很大,睁得圆圆的,长长的睫毛仿佛变得透明了,晶莹极了。寇准情不自禁地说,"你在我身边,哪里都是最美的风景。"

欣悦笑了,把头埋进了寇准的胸膛。两人拥抱了一会儿,寇准搞不清是欣悦还是自己的身子变得很烫,只觉得自己仿佛抱着一团暖洋洋的东西。欣悦慢慢地抬起脸蛋,两颊绯红,在月光下更美

第四卷 澶渊和盟

了。寇准慢慢低下头,在欣悦的小嘴上浅浅地亲了一下。欣悦的脸更红了,她把手环到寇准的脖子上,踮起脚尖,闭上眼睛热吻起来。寇准能感受到欣悦呼出的热气,她头发的香气和长长的睫毛……

下方军营的骚乱打扰了他俩这美妙的时刻,山坡的军营里传出"抓刺客"的喊声。"我想我们还是下去吧。"欣悦红着脸,微微低着头对寇准说。

寇准点了点头,拉着欣悦走回到军营里。

"将军,我们抓住一个刺客。"寇准刚回到军营,王青就带着手下拖着一个刺客来到寇准面前。"幸亏您这时候跟欣悦小姐不在营帐内,他不知怎么混进了我们队伍,我们以为是李茂大人手下的士兵,趁我们不注意他钻进了帐篷,企图用这把刀行刺。"王青将一把金背环刀扔到地上,继续说,"他无功而返出来的时候,正好被我们一个巡逻兵发现,见他行踪可疑,刚一问话就要逃跑,我们这才抓住了他。"

寇准看了看那金背大环刀,质地精良,寒光闪闪,这把刀绝不是一般刺客可以得到的。他让欣悦先回母亲营帐里休息,柴欣悦有点担心但也没说什么,就皱着眉头离开了。走的时候,她离刺客远远的,生怕他还会拿着刀子跳起来。

"说吧,是谁派你来的?"寇准看着欣悦的身影消失后,轻轻地问跪伏在地上的刺客。寇准这才真正观察起这人的脸来。他的脸黄黄的,留着浓密的胡子,眼角上有一道很深的伤疤,他的嘴唇有点发黑,此时正激动地抖着。

五、针锋相对

"我什么都不会跟你说的,寇准。我只能跟你说,今晚你没死在我手里说明你运气好。"刺客眼睛瞪得很大,激动得唾沫横飞。他好几次想要站起来,但却被控制他的两个士兵按得更低了。

"看来是有人不欢迎我回京。"寇准看了看京城方向,"有人想让我死在这路上,答案显而易见,你是王浩然的人,或者是王钦若的人。但命令肯定是王钦若下的,让你在半路截住我,在我休息的时候把我刺死在床上。"

那刺客表情先是一怔,然后又笑了起来,边笑边说:"寇大人,你确实料事如神。京城有人根本不欢迎你能活着回去。"

"但看来上天不这么认为,我碰巧在你决定动手的时候离开了。"寇准看了看地上的刺客,很平静地说。

"你的运气不会一直好下去的。就算你能活着回到京城,你还是要战死在北方,辽国三十万铁骑不会停止,哈哈哈哈……"刺客突然喷出一口血来,原来刚才他就已经服了毒,嘴唇发黑是服毒的症状。很快,这人开始抽搐、吐白沫,脸色发绿,不一会儿就死了。

随后的几天,营帐内自然加强了防范,大部队一边往东行,寇准一边让甘鑫做好人员统计工作,防止有人混进来。夜晚则由四支巡逻队不停地巡查,以防再有刺客出现。不过王钦若那边似乎知道了派刺客这条路很难再走得通,所以之后的路上再没有出现过一个刺客。倒是寇准一直在回想那晚发生的事,刺客说辽国三十万铁骑不会停止,看来契丹人已经打进来了,竟然有三十万人马之多。难道杨嗣、杨延朗两位将军已经战败了?他越想越觉得可怕,只能马不停蹄地赶回到了京城。

3. 赵恒的决定

寇准的平西军没有进京,而是直接驻扎在了京城北的御林军驻地。寇准下令在最短的时间内休整完毕,随时准备北征。士兵们没有什么怨气,只是紧张地等待着那一刻。他们这一路上遇见了太多逃难的人和家破人亡的穷苦人。这一切的景象都在心里埋下了一颗种子——去前线杀契丹人,他们与契丹人有着血海深仇。不过寇准在这次平西之路上经历了几场大小战役,特别是与李茂交手之后,越发觉得有时候和平比战争胜利更重要。

军营由王青全权管理,寇准带上甘鑫和章淦,押送着张凯峰进了皇宫。一进皇宫,张凯峰就被押送进天牢,三人则被赵恒召到寝宫面圣。

此时已是黄昏,下着小雨,天色昏昏暗暗的,已和深夜无异。寇准三人跪在地上,赵恒激动地赶紧把三人扶起,命人搬来三把椅子,自己也坐到了书桌后面的太师椅上。

"寇卿征战数月,便平定西北,剿灭匪寇,立下汗马功劳,真乃大宋之幸!"赵恒高兴地看着寇准说。

"皇上您过奖了,"寇准看着数月没见的皇上,他的头上生了许多白发,眼睛里有血丝,仿佛一下子老了十几岁,"皇上,北部战事怎样?臣在西北,消息闭塞。"寇准此时最想知道的是契丹人打到哪里了,有没有入境。但他看皇上日夜辛苦的样子,已然猜到了结果。

"不瞒寇卿,北部战事告急!"赵恒摇了摇头,非常无奈地说,

五、针锋相对

"十日前我们已经失去了瓦桥关,遂城也在同一天被攻破,现如今,萧挞凛的八万铁骑正在横扫定州。不过定州有两万余边防军正在死守,辽军攻了几日未攻下,但预计定州坚持不了太久。"

"那杨将军呢?"寇准赶紧问道。

"杨嗣、杨延朗将军在高梁河遭遇耶律隆绪的埋伏,"寇准听到这里一惊,从椅子上跳起来。赵恒摆摆手继续说,"军队并未遭遇失败,杨将军兵多将广,只是遭遇了埋伏,被耶律隆绪的小部队牵扯了几日,耽误了回援的时间,这才导致瓦桥关、遂城失守。不过杨嗣、杨延朗现已摆脱耶律隆绪,正在火速前往定州。"

寇准一听才放下心来,对皇帝说:"不过形势确实不容乐观。辽军挥师南下,萧挞凛一支就有八万余人,耶律隆绪有两万精兵牵制住了杨将军。虽然杨将军有十万兵马支援定州,可根据情报,萧太后最少还有二十万大军将要入境,兵力对比实在悬殊。"

"还有二十万大军,你哪里来的情报?"赵恒一听,吃了一惊。

寇准回禀道:"前几日臣在营中抓住一名刺客。刺客服了毒,临死前称辽国三十万铁骑将会入侵!"

"如此说来,确实可能。寇卿有何想法?王钦若想让朕偏安升州,割地求和。"赵恒不安地挪了挪身子,似乎浑身很不舒服。

"敌我实力现在确实悬殊,可大宋并非手无缚鸡之力。我和杨将军现在就有十万兵力,再加上北部城池的守军,十五万余,如果您再借我五万禁军,出征北部,我有信心将契丹人赶回老家。"寇准说完就跪倒在地,"请皇上恩准。"甘鑫、章淦看寇准跪下了,也双双跪伏,说:"请皇上恩准!"

第四卷 澶渊和盟

赵恒有十二万禁军,是护国和江山稳固的保证,现在让他拿出五万兵力给寇准,北征契丹,这是大宋历代都没有的事。赵恒倚靠着坐在椅子上,听着外面淅淅沥沥的雨声,深深地吸了一口气。

寇准三人谁也没有说话,在耐心等待赵恒的决定。赵恒站了起来,离开座位把寇准三人扶了起来。"没有什么比边疆稳固更重要,边疆不稳,禁军再多也没用。寇卿,朕给你七万禁军,供你调配,一定要把耶律隆绪打败!国家兴亡的重担,就交到你们手上了。"赵恒说到最后,声音突然变得很大,显得非常激动。

寇准三人一听立即怔住了,没想到皇帝会这么容易答应他们。寇准说:"请皇上放心,臣必鞠躬尽瘁,死而后已!"

赵恒走到书桌后的柜子旁,从里面拿出了虎符和一把宝剑。转身走到寇准面前,说:"这是禁军虎符,可调动禁军兵马。这是朕的佩剑龙渊剑,见剑如见朕,可先斩后奏。这两样东西,今天就交给你了。今日朕命你驱兵北伐,必大败契丹而回!"

三人再次跪下,寇准双手接过两样东西,叩拜道:"臣必不辱使命!"

雨仿佛下个没完,不停地在敲击到瓦片上,发出悦耳的声音。然而在相府王钦若的书房里,这声音让人很烦躁。

"你们南方雨水太多了,契丹人喜欢雨,因为雨水可以带来好收成。可老这么下雨,也太难受了,何况现在还是冬天。"一个契丹姑娘坐在窗口的小台上,厌烦地摆了摆手。

王钦若此时站在自己的书桌前面,并没有马上回答,只是一副

五、针锋相对

毕恭毕敬的样子,微微笑着。他想了想说:"郡主从蒲城赶来,旅途劳顿了。"

"这算什么,我主要是不喜欢在雨里赶路罢了,太泥泞。"这郡主便是那日跟寇准在赌坊中见过面的萧挞雪。此时她得知寇准已经离开下阴,便也从蒲城赶回到了京城。

"你们皇帝有什么打算,让寇准继续北伐吗?"萧挞雪问道。

"回禀郡主,臣不能肯定,但刚才寇准被皇上召进了寝宫。寇准平定西部,立下汗马功劳,肯定想继续北伐,皇上很有可能答应他。皇上没有看起来那么笨,他似乎知道我和贵国有联系,既然他已经派杨将军去迎战辽军,应该是已经下定决心奋战到底了。所以现在很多事情他已经不再问我。"

"说实话,寇准用兵还是挺厉害的。虽然比我们的萧大将军差,但他真的算是我们的一个威胁。要不是他在赵恒面前从中作梗,我们的计划也不会遭到什么麻烦。我要在北方尽快除掉这个眼中钉。"萧挞雪说完从小台上跳了下来,"不用送了,我准备雨停就离开,去定州。"

王钦若没有再说话,低下身子望着萧挞雪离开了。

辽军围攻定州已经七日了,定州也整整抵抗住了七日。辽军所有的邀战、劝降、叫阵,定州守军一概不理。一旦辽军强攻,定州守军们则紧守城门,在城墙上放箭,将辽军逼退以后再出兵反击,当然这也只是在城门下的小范围战斗,如果全军都冲出去,他们就会被辽军八万人马吞噬。他们只能依城而战,且战且走。城门楼上还有放箭的弓弩兵掩护,最后辽军攻打不上来,他们再退回城门内。定州守军靠着这种战术,慢慢和辽军打消耗战,然而这种战术非常消耗兵力。经过七日艰苦的作战,定州守军已经死伤大半,没什么作战能力了。他们顶多再能抵抗一两次进攻,城门就必破无疑,到那时就是定州失守的时候了。所有人还在坚持,他们心里只有一个信念:再坚持一会儿,杨将军就来了!

就在他们快要坚持不住的时候,一场雪救了他们的命。大雪连续下了几天,萧挞凛怕杨家军此时从北方来支援,在雪中辽军兵马难以发挥优势,再加上腹背受敌,恐大败,于是决定暂时退军,驻扎遂城。在辽军退兵的第三天,杨嗣领兵八万人乘风雪赶回定州,定州护城将军王继忠开城门迎接。快马兵立即传递消息到京城,赵恒得知后长舒一口气,感慨上苍,并暗自命寇准来年开春领兵九万人,前往定州,与辽军决一死战。

4. 元旦重逢

寇准这个把月除了每日操练他的北伐军,和甘鑫商量北伐对敌之策外,终于完成了和欣悦的婚事。皇帝赏赐了他们京城的一座大宅子,作为寇准一家的住处,寇府就坐落在东城最热闹繁华的地段。寇母做梦都没想到能住上这么好的宅子,又大又亮堂,正厅后面还有个小庭院,她跟几个丫鬟在里面种了些瓜果蔬菜。

随着天气越来越回暖,春天终于来了。寇准很快就要出师北伐,而辽军南下的日子也不远了。除了陪伴欣悦,元旦那天寇准决定再去街上转一转,凑凑热闹。

寇府出门就是一条繁华的街道,寇准特别喜欢在这条街上转

五、针锋相对

悠。他不想让人认出他来,所以往往穿一件普通的麻布衣,戴上粗布纶巾。元旦的京城格外热闹,甚至京城赌坊都可以开上三天,还有各种庙会、花灯活动,寇准当然不想错过。白天欣悦要和小丫鬟去相国寺帮寇准和寇母祈福,因而寇准只好一人出去游玩。临走前,寇准跟她说:"元旦人多,注意安全,我让章淦保护你们。"

"哎呀,天子脚下,我又会功夫,不要别人跟着了。去相国寺祈福要虔诚,带着章淦杀气那么重,都不灵验了。"欣悦摆摆手道。

"好吧好吧,那你多帮你和母亲祈福,多跟送子观音祈福。"寇准说。

欣悦一听"送子观音",脸一下就红了,说他没有正形。说完拉了拉寇准的手,带着丫鬟离开了。寇准送她走出了大门口,回过身找到章淦,悄悄跟他说:"今日街上鱼龙混杂,我怕王钦若的人对欣悦不利,你暗中保护她,欣悦不想麻烦,你别让她发现就好。"

章淦立即抱拳:"属下得令。"说完,扶着腰间的佩剑快步跟了上去。

寇准则换上了他那件素灰色麻衣,戴上粗布纶巾,来到了大街上。元旦这天太热闹了,街上挤满了人,每到这个时候,寇准都在感慨,不论哪朝哪代,只要是和平年代,百姓就能安居乐业。战乱年代,大户人家的公子小姐也没有几天开心的日子。

今天到处都是欢声笑语,大人小孩都从家里跑了出来。糖人摊、皮影戏摊子前面围着一圈一圈的小孩子。寇准径直走过了小孩子爱逛的这几个摊位,来到了庆隆茶馆前面。庆隆茶馆是这条大街上的一家普普通通的茶馆,很大,有两层楼。这里平时来的人

第四卷 澶渊和盟

不多,可今天却不一样,里三层外三层围满了人,一阵阵喧哗声此起彼伏。店小二和茶馆老板的老婆、儿子儿媳在里面忙得不可开交。老板也是忙里忙外地招呼客人。原来,这个茶馆在元旦三天改做赌坊生意了。其实这也很正常,京城只有元旦三天可以做赌坊生意,因而没有常设的赌坊。每年到这个时候,很多茶楼、酒店就改成了赌坊,庆隆茶馆就是这么多临时改换门面的茶馆之一。寇准看着这热闹的场景,微微一笑,走了进去。

"来了您呐!"寇准一挤进庆隆茶馆,店小二就招呼他走进去,不过那店小二见他一身穷酸的样子,倒也没太大兴趣,很快就招呼别的客人去了。寇准也不介意,在桌子间穿梭着。很多有像他这种打扮的客人的桌子他是不会去的,人家辛苦了一年,赢走那点碎银子,实在过意不去。寇准在一楼转了一圈便走到二楼,二楼多达官贵人、官宦子弟。寇准默默点了点头,下决心让这些有钱人"放点血"。

他看见一个桌子有个空位,赶紧挤了进去。"来来来,骰子在走,大小都有,是大是小,买定离手!"庄家念叨着熟悉的台词,只不过腔调从西北味儿转为京城方言。寇准兴奋地从口袋里掏出一锭银子,毫不犹豫地押了小。这时候忽然有人一下子拉住了他的胳膊,一个戴面纱的女子扑闪着大眼睛盯着他。寇准先是一惊,那双碧蓝的眼睛,睫毛长长的,眼神中有一丝惊讶,但更多的是喜悦。女子的声音有些颤抖:"是你?"

寇准一听就乐了,道:"哎,是你!你也从蒲城来到京城了?"

"对啊,我没想到还能见到你。"萧挞雪使劲揪着寇准的衣

五、针锋相对

服说。

"哎,大小姐,你快把我的衣服撕破了。"寇准有点不好意思地说,这时候桌上基本押完了。"一二四,小!"庄家兴奋地喊着,把赢的钱分给了押小的人。

"别叫我什么大小姐,我有名字,叫萧挞雪。"萧挞雪摸着自己的耳朵说。

"哦,萧雪。"寇准点了点头。他不能跟别人说他是寇准,但临时又想不出人名,就说,"叫我平仲就好了。"萧挞雪听到这个名字突然略有所思起来。这时候庄家又在吆喝着下注了,寇准赶紧拉着萧挞雪的手让她回到赌场上来。萧挞雪看寇准拉住自己的手,脸一红,就啥都忘了,只是笑眯眯地跟他把钱扔到了桌子上。

两人赌了大半个时辰,不一会儿身边的银子堆得跟小山一样高。一个穿着丝绸长衫,长着络腮胡子,手上戴着金戒指的五大三粗的汉子很恼怒地等着他俩,他早就盯上这两个奇奇怪怪的家伙,一个穿着破布衣服,另一个戴着面纱,看不见脸,这两人几乎赢走了他今天带来的所有钱。

"你俩是怎么回事?"他突然隔着桌子朝寇准和萧挞雪吼道,把桌子边的其他人都吓了一跳。

"对不起,你说什么?"寇准有点疑惑地问。

"我注意你们好久了,你来到这张桌子以后就没输过!你是怎么回事,你是在出老千吗?"那个壮汉越说越气,咬着他那满口的黄牙,一拳砸在了赌桌上。

庄家倒是也注意到了这两人,他俩总能赢,特别是那个男的,虽然看他俩赢钱不服气,可他更不想因此而把事情闹大。"张老爷,您息怒啊,如果这里有人出老千,我们肯定不会放过他。说,你们怎么出的老千?"几个胆小的人赶紧拿着赢的钱跑了,还有几个输了不少的留了下来,他们盯着寇准和萧挞雪,偶尔贪婪地用眼角瞥一下桌上的银子。

"我们是凭运气赢的!"萧挞雪一脸愤恨,感到受到了侮辱。

"运气不会让你们一直赢!"张老爷瞪着萧挞雪,一脸的挑衅,他接着说,"你是不是用了什么妖术?你为什么戴着面巾,不让我们看看你的长相,丑八怪!"说完他一拍桌子,桌子上的骰子都飞了出去。这时候两楼有很多人停下了手,扫视过来,想看看发生了什么事。

萧挞雪一听就生气了,当即就想劈了他。寇准使劲拉住她,她才没有冲上去,他一边拉住萧挞雪一边说:"没有证据不许胡说。况且女子在赌场里蒙着面,这也是可以理解的嘛。"寇准想大事化小,毕竟他不想闹事。然而他嘴上虽然这么说,没有拉萧挞雪的那只手却已经悄悄把桌子上的银子转移完毕了。张老爷无意中看到了寇准不停在划拉钱的那只手。

"贼,贼!"那张老爷像发了疯似的,直接扑到桌子上来要抓住寇准。寇准一惊,赶紧往后一闪,松开了抓住萧挞雪的手。萧挞雪完全不管是否会把事情闹大,一脚把桌子踢翻了,那张老爷一下子就倒在了地上。边上几个赌客也立即扑了上去,寇准原以为这萧挞雪只是碰巧把张老爷打倒在地,结果她一抬脚又把一个冲上来的赌客踢倒在地。这帮人大都家世显赫,身后站着一众小弟,刚被

五、针锋相对

踢飞的那人撞到柱子上,头上冒着血,颤抖着说:"你敢踢我,都给我上!"一声令下,七八个不知道从哪里冒出来的彪形大汉向萧挞雪扑了过去。萧挞雪这下也慌了,迅速迈着小步子往后退。寇准看形势不对,把桌子往前一掀,拉起萧挞雪就往楼梯口跑去。这时候几个穿着官服的壮汉拿着刀闻声赶来,堵住了下去的路。

那几个大汉不费什么力气就把桌子挡了下来,随手扔到一边,就像扔一张卡片。寇准看前后两面被夹击,也慌了神,脑袋里出现了一系列不想看到的后果:如果自己进了衙门会不会连累家人?快要北伐了,如果这时候因为赌博出千被抓,哪里还有颜面带兵打仗?倒是萧挞雪反应了过来,"跟我来"。她拉着寇准,两人一边挥拳阻挡着冲上来的人,一边往窗口跑去。寇准刚想问,结果萧挞雪想都没想直接拉着寇准跳到了窗台上。两人拉着手一跃而下,稳稳地落在了地上。下落的时候,萧挞雪的面纱飘了起来,寇准看到了她的脸。她是个美女,皮肤很白,白得不像汉人。鼻子很高,嘴巴小小的,涂抹着口红。两人落在地上后他才发现她是那么高挑,之前在赌场里她弯着身子,他没有注意到她的身材。萧挞雪发现寇准盯着自己看,脸"刷"地红了,像是生气又很害羞地说道:"看够了就快走好吗,他们要追下来了。"

寇准这才回过神,赶紧拉着萧挞雪的手跑了起来。两人都会武功,跑起来很快,元旦的大街上挤满了人,摩肩接踵。那几个穿官服的人根本抓不住他俩,只能眼睁睁地看着两人消失在人群里。脑袋冒血的那人和张老爷这时候扒在窗台上,看着两人就这么溜走了,大骂他们的手下无能。

第四卷　澶渊和盟

两人也不知道跑了多远,从大街转到小巷,转来转去,好像是把所有人都甩掉了,这才放心地停了下来,喘着粗气。这时候两人的手还紧紧牵在一起,寇准突然意识到了这点,赶紧松开了手。他有点不好意思,于是想打破这尴尬的局面,问道:"你觉得我们在哪?"

萧挞雪说:"应该在东城的哪个小巷子里吧。"她四处看了看,向巷尾望去,看看有没有跟过来的人。

寇准努力把自己的气息调匀,说:"你竟然跟他们打了起来,多一事不如少一事。"

"那个死胖子骂了我,你没听见吗？他说我是……说我是丑八怪！哎,可惜我们赢了那么多钱,到头来都没了。"萧挞雪有点失落地说。

"你真的这么认为吗?"寇准把手伸进自己的衣服口袋,抓出了一把银子。

"哇！你什么时候拿的?"萧挞雪激动地用手捧起那一堆银子。

"就在刚才你跟他们打骂的时候。"说完,两人哈哈笑了起来。

"刚才跳下来的时候,我看见你的脸了。你挺好看的,为什么要戴面纱?"

"你看到我的脸了?"萧挞雪一脸惊异,眉头紧皱,眼睛瞪得大大的,"好吧,如果你真的看到了。"她慢慢地摘下了面纱。寇准这次完全看到了萧挞雪的脸,再一次被她的美貌所吸引,很久没有说出话来。

"如果你看到了我的脸,就必须娶我！"萧挞雪突然说出了这么

五、针锋相对

一句话来,寇准吓得脚一软坐在了地上。萧挞雪当即笑出了声来,"呵呵呵呵……我吓唬你呢,你太不经吓了。我有那么丑吗,把你吓成这样!"

"不是,恰恰相反,你很漂亮。可我……"寇准支支吾吾的。

"你怎么了?"萧挞雪假装很平静地说,脸朝着那巷子口,可眼睛时不时地瞄向寇准。

寇准本来还很尴尬,可脑海里出现了欣悦在相国寺的佛像前,双手合十,闭目为自己祈祷的样子。寇准一下子就平静了下来,说:"实际上我才刚成亲不久呢,现在暂时还没有纳小妾的打算。"

"哦,你已经成亲了?"萧挞雪先是惊异于寇准原来已经成亲了,转而又说,"小妾?谁要当你小妾!"说着抡起拳头就朝寇准砸了过去。

寇准反而觉得轻松自在了,大笑起来。两人闹了一会儿,寇准说:"萧雪,有缘再见吧,我要走了。"

刚才还在笑的萧挞雪突然眼睛有点红红的,点了点头,从身上摸出一把小刀。小刀只有巴掌大,银质的,刀鞘和刀柄上镶着红宝石。"这把小刀送给你吧,留个念想。"

"不行,这太贵重了。"寇准把刀子推还给她。

"这不算什么,一个小的纪念品,你收好就行。那我走了,你要多保重,平仲。"萧挞雪面带微笑地说,转身往巷口走去,没有回头便走出了巷口。

寇准把小刀放进了自己的口袋,耸了耸肩膀,"回去咯,不知道欣悦祈福回来了没。"说完也走出了巷口。

六、挥军北伐

1. 定州之战

景德元年（1004）春，寇准终于带领七万北伐军出征了。浩浩荡荡的北伐军从京城出发，送行的官员、将士家人、农民站满了整个北郊，赵恒也在北郊城楼上目送寇准和他的禁军离开。整个送行过程持续了一个上午，倒春寒的风呼呼作响，场面非常凛然壮观。人们心中只有一个想法：决战的日子终于要来了。

北伐行军相当顺利，甚至顺利得令人难以置信。

"前面是怎么回事？"寇准北行一月有余，已经快到定州，此时官道上几百个马贼挡住了前行的道路。

"报告将军，东北的马贼李星开带着他的手下阻挡住了去路，说是要见您。"部队前方的先锋兵回禀道。

"马贼李星开？"寇准略有疑惑。

"李星开是东北一带有名的马贼，往年劫过我们送往辽国的贡品，虽人数不多，但个个善于骑射，是东北一带的隐患。"

六、挥军北伐

"他见我做什么?"寇准更不明白了,李星开不会是要打劫七万兵马吧。马贼这时候看见大军前来,应该瑟瑟发抖才是。

"回禀将军,这我不清楚,但我看他们的样子,并非是来打劫的。"

"我去看看。"寇准说完驱马来到大军最前面。只见一个身长七尺有余,英俊帅气,穿着紫金花甲的人站在马下。他胳膊下夹着紫金头盔,腰间别着一杆乌木弓和一把宝剑。

"在下李星开,特来投奔寇准将军!"李星开突然说了这么一句话,以抢劫朝廷贡品为生的马贼竟然来投靠官军了。

甘鑫把这一切都看在了眼里,踢了两下马肚子,走到寇准旁边,小声说:"此人是马贼,性格狂妄,且不说是不是真的投靠,就算真诚来降,日后也是祸患。"

寇准默默地点了点头,但没有理会甘鑫,对李星开说:"你回去吧,你本是朝廷重犯,不能因为你来投靠就赦免了你昔日的罪行。"

"寇将军,我李星开虽为马贼,可不抢平民百姓,只劫富贵贪枉之徒。昔日劫取朝廷贡品,是恨他皇帝老儿懦弱无用,把大宋子民辛苦所得拱手让给契丹人。今日来降,是因为早闻将军平定西北,带军北伐,战无不胜。恳请将军给我李星开一次机会,带我前去北部前线杀敌,在下感激不尽!"李星开说完,把紫金头盔往地上一扔,竟跪了下来。他的几百手下瞬间从马上跳了下来,也都单膝跪地,看着寇准。

寇准看了看甘鑫,甘鑫眉头紧皱,虽说还是不信任这帮马贼,但也说不出什么。

第四卷　澶渊和盟

寇准想起了当时的李茂,于是翻身下马,走到李星开面前,扶他起来说:"天下多豪气之士,李将军,我见你器宇不凡,战绩累累。除去劫过贡品,并未作恶多端,日后并肩作战,共战辽军!"

寇准虽兵多将广,可却没有优秀的能培养弓箭手的将军。这次李星开前来投奔,倒是解决了这一难题。自此寇准便有了左先锋王青、右先锋章淦、弓骑兵长李星开、谋士甘鑫,他统领中坚主力,北伐军基本定型。寇准把他的几千弓箭手给了李星开,让他统领。李星开受此重用,更加佩服寇准了。

然而就在寇准大军北行的时候,契丹军也终于有了动作。凛冬已过,萧挞凛带兵南犯!此时的定州已经有了杨家军的防守,不过辽军这次似乎想一鼓作气拿下定州,三十万大军直奔定州而来!

"杨将军,萧挞凛驱兵三十万,往定州方向来了!"杨嗣在营帐中接到禀报。

"将军,让我带兵去迎战萧挞凛!"杨延朗马上请兵,想要与萧挞凛决一死战。

"延朗先别急。契丹兵力是我们的两倍有余,直接出战恐怕难以抵抗,虽可能重挫辽军,但我们的兵力也可能全部丧失。没有后续力量,辽军恐怕很快就能长驱直入,直攻京城。"杨嗣想了想说。

"那您说怎么办?"杨延朗着急得头上出了汗。

"辽军依仗兵力充足,定会小视我们,我们只要据城坚守就好。"杨嗣深思了一会儿,说道。

"坚守到何时?"

六、挥军北伐

"算算时日,寇将军也快来了。派快马传信,告诉寇将军此时形势,让他从侧面进攻,我们再出城迎战,杀辽军一个措手不及。"杨嗣说完从椅子上站了起来,但十五万大军不可能全部都进城防守,想了想又说:"延朗,你带五万兵马南撤,和寇将军会合后再杀回来。你们在城外只会被辽军歼灭。"

杨延朗想了想,觉得杨嗣说得不无道理,可他又想留在这里抗击契丹,不过为了顾全大局他还是带兵南撤了。

然而杨嗣在这场战役的决策中还是出现了失误,他再一次低估了耶律隆绪的军事才能。

在耶律隆绪看来,杨嗣带兵固守,杨延朗引兵回撤,这是再明显不过的事情了,因为定州容纳不了这么多守军。定州这回真的在劫难逃。

杨延朗将兵力带出了驻地,定州也早已关好城门,随时准备据城迎敌。"报告将军,萧挞凛已在定州城外了,但他迟迟没有动作,只是看着城门楼,而且兵力不足十万。据探子回报,三十万大军在到达定州前,兵分两路了!"

"什么!兵分两路了?耶律隆绪这次又耍什么花招……"杨嗣突然醒悟,大叫不好,"杨延朗将军南撤了没有?"

"回禀将军,已经南撤了。"

"糟糕!"杨嗣突然有一种不好的预感,"康风,你带五万兵力驻守,紧盯住萧挞凛,一旦他发起进攻,箭雨迎敌!其余兵力随我去南门。"康风和其他几个将军没明白过来,辽军明明在北面虎视眈眈,为什么要派兵力去南门呢?不过他们相信杨嗣将军,便没有说

第四卷 澶渊和盟

什么,遵命照办了。

杨嗣带兵还没赶到南门就出事了,南边的守城将领骑快马截住了杨嗣,道:"将军,杨延朗将军南撤途中遭遇辽军伏击,正在南郊不远处与辽军厮杀!"

杨嗣担忧的事果然还是发生了,又是这招调虎离山,萧挞凛佯装进攻定州,真正目标是驻守城外的五万兵马,如果这股兵力被剿灭,他们攻打定州会更加容易。

"马上开南大门,支援杨延朗将军!"杨嗣立即率兵马飞奔出去。他刚准备走,心里又产生了一个不安的想法,如果这个想法被证实了,那么后果不堪设想,可能会让他的整个杨家军全军覆灭。他忽然想到,如果辽军没有兵分两路,而是兵分三路,会怎样? 如果此时开了南大门,刚出城门,就遭到辽军的伏击会怎样? 十五万兵力被分割成三股,城门还大开,最后他和杨延朗会合,拼了命也许能杀到澶州,可守城的五万兵力根本不可能抵挡辽军,辽军从两面夹击,定州五万守军必会被歼灭! 想到这里,杨嗣脊背发凉,如果这是真的,他必须做出一个选择,到底是要定州,还是要保存兵力?

身经百战的杨大将军到了这种时候竟然被一个契丹皇帝牵着鼻子走,想到这里他一阵怒火攻心。可杨将军依旧是那个果断的杨将军,留得青山在,不怕没柴烧。他立即下令:全军从南大门撤离,且战且走,会合杨延朗将军,回守澶州!

果不其然,杨嗣带着十万大军刚出城门楼不远,耶律隆绪就带着手下从南郊外不远的定州林杀了出来,不过计谋最后还是被杨

六、挥军北伐

嗣识破了。耶律隆绪倒也不慌张,兵分两路,大部分兵力去追击杨嗣,自己则带着一小股兵力进城了,他要去北大门把城门打开,让萧挞凛进城。他知道杨嗣把城门打开的时候,定州就是他的了,杨嗣已经做出了选择。

杨家军不愧是大宋第一军,辽军从四面围杀过来,他们也不慌乱,保持阵型,个个又都是用枪的好手,辽军的轻骑兵难以冲散阵型。

杨延朗虽然遭到了辽军的伏击,不过他不愧是大宋第一猛将,一杆菊花点金枪在他手中如暴风骤雨,所到之处,势不可挡。膀大腰圆的辽军竟然拿这个四处冲杀的宋将毫无办法,他们对杨延朗早有耳闻,今天见到了,才真正相信那些传说并没有虚构多少。

一个又一个的契丹士兵倒在了杨延朗的枪下,但他并非是神,随着时间的推移,他的速度慢了下来,他开始累了。此时,杨延朗和他的部下分开得较远,而杨嗣率大军杀了过来,杨延朗的部下看援军已到,顿时大喜。他们只顾看杨嗣将军的到来,一时竟忘了接应他们的杨将军,杨延朗没办法和杨嗣会合,被包围得太紧了。辽军见杨延朗开始顾此失彼,竟一拥而上。一个辽军小将军趁慌乱之际,一刀砍下了杨延朗的马头,那马瞬间死去,杨延朗也摔下马来,七八个大汉跳上去把杨延朗擒住了。他们也怕杨嗣此时追杀过来,赶紧上马带着杨延朗跑了回去。

杨嗣寻了半天没看到杨延朗的身影,忽然看到他竟被几个辽军擒在马上,飞奔去定州林方向了。他立即大叫不好,可根本无法从辽军中抽身,一波一波的辽军围攻着他们,他只能带军往澶州方向前进。如若此时离开大部队去救杨延朗,自己也会被擒。细想契丹定不会立马杀了杨延朗,杨嗣也无其他办法,只好维持着兵阵。辽军追了大半个时辰,眼看快到澶州了,又擒获了杨延朗,也就回撤了。结果定州一战,虽说杨家军并未损失多少兵马,还斩杀了不少辽军。可定州被攻破,杨延朗被擒生死不明,宋军可谓大败而回,只得暂驻澶州,等待寇准的到来。

2. 耶律金娥

成百上千的契丹士兵成了杨延朗马下的冤魂,被俘虏后契丹人怎么可能善待他,恨不能让他受尽折磨而死。杨延朗毕竟是宋朝的大将军,必然要押回去作为战争的筹码。连续几日的赶路,早已让杨延朗疲惫不堪,他根本没吃上一顿好饭。身上红色的烈焰甲早已被契丹士兵脱下分掉了,衣服早已破破烂烂,倒春寒让他非常虚弱。可他的眼神依然没有变,像一匹野狼,紧紧盯着前方的路。天没亮多久,遂城南大门就出现在了他的视野里。此时的遂城已经完全为辽人所有,作为辽国南下的大后方,萧太后就带兵驻守在这里。杨延朗在定州林一战战败,作为战俘被送到了这里。

"启禀太后,战俘杨延朗带来了。"一个辽国士官向坐在大殿里的萧太后禀报道。这大殿是当时遂城的护城将军王先知的宅子,现在被萧太后占为寝宫了。

"母后,这杨延朗可是宋朝大将军,宋朝第一猛士?"说话的正是萧太后的次女耶律金娥。只见她浓眉大眼,穿着一身红甲,头上梳着高高的马尾。她也喜好打仗,这次南征,她自告奋勇随军跟着

六、挥军北伐

萧太后和哥哥耶律隆绪,说要来开开眼界,此时正陪着萧太后在这寝宫里。

"对,金娥,你想不想见见这位宋朝第一猛士?"

耶律金娥赶忙点头,第一次入宋境,来的时候哥哥和萧将军的遂城之战都已经结束了,她还没怎么见过宋人,更没见过什么大将军了,她想见识见识这位所谓的宋朝第一猛士,到底有何能耐。

"去把他带上来吧。"萧太后下令。

"是!"这辽国士官刚走没多久,一个衣衫褴褛、披头散发的人就被拖了上来,他手上、脚上拴着重重的镣铐,两个契丹大汉按着他,让他跪在萧太后面前。虽然他的头被按着,可那双像狼一样的眼睛死死地盯着这个大宋的仇人——萧太后。

"这就是大宋第一猛士杨延朗吗?我看也没什么特别嘛!"嘴上虽然这么说,可耶律金娥被那双眼睛盯得有点心虚,她说不上为什么,总觉被瞪得不舒服,这眼睛里全是杀气。

"公主殿下,您可别小瞧了他,为了抓住他,我们多少勇士死在他的枪下。"一个契丹士兵说。

"哼,废话少说,要杀要剐,悉听尊便。萧太后,你大老远的请我来,不是来喝茶的吧。"杨延朗几日没有说话了,声音有点沙哑。

"哈哈哈,杨将军,你还真幽默啊。哀家还真想请你喝茶呢。来人,给他倒杯茶。"萧太后命人给杨延朗倒了一杯茶。

杨延朗哪里知道萧太后葫芦里卖的什么药,但他知道后面还有罪要受,现在有茶喝就喝吧。

"看来我们的杨将军还是识时务者,并非说不通啊。"萧太后话

第四卷 澶渊和盟

里有话。

"这是我大宋的地盘,这水是我大宋的水,这茶是我大宋的茶。我当然受之无愧!"

"杨延朗,你觉得我大辽可算兵强马壮?"萧太后知道他嘴硬,肯定没那么容易服软。

"辽国三十万铁骑,自然是兵多将广。"

"你觉得你们宋人抗击我们大辽,可有胜算?"萧太后话锋一转。

"必胜无疑。"杨延朗又恢复了刚才的眼神,盯着萧太后说。他看出了萧太后的疑惑,知道萧太后在探宋军的底,想了想说,"辽国铁骑三十万,兵强马壮,宋军势弱,可宋人千千万万,三十万辽军在千千万万的宋人前面,也是不堪一击的!"

杨延朗又说:"萧太后,我杨延朗不是贪生怕死之辈,既然踏上征途就没想着活着回去,你杀我大宋子民,侵占我大宋疆土,我与你有不共戴天之仇,你赶紧杀了我吧!"杨延朗一脸悲愤地看着眼前的萧太后,耶律金娥被他这股气势震慑住了。

萧太后想了想说:"杨将军,哀家也是惜才之人,不会轻易杀了你的。来人啊,把杨将军的锁链解了,带到后面的客房,吃喝伺候着。"

杨延朗凶猛的眼神变得疑惑起来,还没想明白时,就被带到萧太后寝宫后面的一个小房间里了。房间很小,但有书,有床,屏风后面甚至还有烧好的水和干净的汉人衣服,看来萧太后一开始就没打算杀了自己。杨延朗倒是天不怕地不怕,只要不是让他做叛

六、挥军北伐

国的事,他到哪里都能随机应变。既来之则安之,他心里想着便爬进了浴盆。不一会儿,门口传来了开门声,一股香味飘了过来。是谁送吃的进来了吗?正想着,耶律金娥从屏风后面探头探脑的,这可把杨延朗吓得够呛,赶紧拿毛巾遮挡住了身子,水花溅了一地。

"呵呵呵……天不怕地不怕的杨大将军也有这般落魄的时候啊?"耶律金娥发现杨延朗在洗澡,脸红红的,可她倒是开放,睁着眼睛,看着杨延朗的身子。她发现杨延朗的身上布满了伤疤,结实的肌肉上一根根青筋凸起。就算在契丹人眼里,杨延朗的身材也是相当魁梧壮实的。

"你是什么毛病?非礼勿视懂不懂?"

"你们宋人的文化,我可不懂,再说我又不是故意的,我是来给你送吃的。"说完,她悻悻地把脑袋缩了回去,最后眼睛还在杨延朗的身子上停留了一下。

"你们契丹人都这么好色吗?"杨延朗不敢出来,生怕这丫头随时把头伸过来。

"我才不好色呢,你能被我看应该是你的荣幸。本公主还没见过男人洗澡呢!"耶律金娥说。

"好吧,在下深感荣幸,但怕污了公主的眼,还是请不要乱看了,在下要出来吃饭了。"杨延朗被食物的味道刺激得不行了,肚子一直在叫。

"我知道啦,又没什么好看的,哼。"耶律金娥说道。

杨延朗快速地从浴盆里跳了出来,用最快的速度把身子擦干,穿上了衣服。衣服是用高档的丝绸做的,淡淡的蓝色。杨延朗用蓝色头巾把头发绑好,走了出来。穿好衣服的杨延朗一扫刚来时蓬头垢面的形象,他可是杨家第一美男子啊,仪表堂堂,风度翩翩,不知道的还以为他是哪家的贵公子呢。耶律金娥也看呆了,脸红红的,这下反而不敢看杨延朗的眼睛了,把头转向一边,咬着嘴唇,脑海里杨延朗洗澡的样子怎么也挥之不去。

"哇,肉,好吃好吃!"杨延朗抓起盘子里的小羊腿啃了起来,耶律金娥被逗得哈哈笑了起来。

"唉,你们宋人衣服挺好看的,但是你的吃相比我们契丹人还要难看。"

"我快饿死了,要是你快饿死了,你的吃相只怕比我更难看。"杨延朗嘴里塞满了羊肉,也不忘跟耶律金娥斗嘴。

"慢点吃,你要是噎死了母后可得怪罪于我。"说着,她给杨延朗倒上了一杯牛奶。

杨延朗看来是饿坏了,这一路上他都没吃上几口饭,一只羊腿、三个肉饼让他风卷残云一样扫荡完毕,此时的他一边喝着牛奶,一边打着饱嗝,舒服地坐在椅子上。

"你看你这个形象,说什么你是大宋第一猛士,谁信呢。"耶律金娥半开玩笑地说。

"公主大人,您倒是心宽,也不怕我此时缚住你当人质,护送我回去。"杨延朗突然眼神一变。

"你没那么卑鄙吧,拿女人当挡箭牌。"话虽这么说着,耶律金娥还是往门口方向跨了一步,眼神飘向门口,随时准备要跑。

"哇!"杨延朗大叫一声。

六、挥军北伐

耶律金娥连滚带爬地跑了出去,结果杨延朗只是吓唬她,看她那狼狈的样子直叫着"报仇了,报仇了!"

门口的守卫以为发生了什么,赶紧冲了进来,耶律金娥气喘吁吁地跑了回来,说:"没事没事,我们在开玩笑,你们出去吧。"说着,让守卫离开,两人相视着笑了出来。杨延朗笑得很开心,自从被俘,他已经很久没有这么放松了。自己被抓去当了战俘,反而能轻松下来,他也不知道这是怎么回事,可能他真的已经厌倦杀戮了吧。

之后的几日,耶律金娥三天两头往杨延朗这里跑,在辽国当公主惯了,只有杨延朗不跟她客客气气,反而与她说说笑笑。她也对宋人的文化充满了兴趣,经常换上宋人的衣服。杨延朗看耶律金娥穿着宋人的衣服,有时候也会看得出神,直让耶律金娥脸红红的。这一切都被萧太后看在了眼里,但她也没说什么,反而格外喜欢杨延朗这孩子。

辽宋交好,可不是另外一个人希望看到的。发生在遂城的这件事传到了远在千里之外的王钦若的耳朵里。"必须想办法把这股苗头从萧太后的脑子里铲除掉。"王钦若站在书房的窗户前,看着笼子里的画眉鸟说道。

这一日吃罢晚饭,皓月当空,晚风习习,杨延朗正想着今晚金娥还来不来练字了。突然门口传来两声响声,门口的两个契丹守卫呻吟了一声,便瘫倒了。一个黑衣人轻轻打开门,跑了进来,跪倒在杨延朗面前。

第四卷 澶渊和盟

"属下救将军来迟,望将军赐罪!"那黑衣人跪地后低着头说。

"你是杨家军的人?"杨延朗站了起来,竟然有人来救他了,这让他不敢相信,想到可能要离开这里,内心竟然有一个女孩子的笑声响了起来。

"将军,此地不宜久留,现在萧太后威胁着让杨嗣将军弃城投降呢,如果你不回去,我们可能要失去澶州了!"

杨延朗听罢内心一惊,但又觉得哪里不对。可既然户牖大开,他也管不了那么多了,当即和黑衣人走出了屋子。

可他俩刚走到前院,竟遇见了一个女子,此人穿着荷花衣,头戴粉色木簪,明眸皓齿,在月光下格外美丽。此女子不是别人,正是要来跟杨延朗学习书法的耶律金娥,她像往常一样吃罢晚饭就急急忙忙跑了过来。此时她看到杨延朗和黑衣人在一起,眉头一皱,仿佛一下就明白了。她没有叫喊,而是慢慢地走到一边,眼神里充满了悲伤。

杨延朗点了点头,不知道是表示感谢呢还是在说后会有期。刚准备跟黑衣人继续前行,可突然寒光一闪,那黑衣人竟然二话不说举刀朝耶律金娥劈了过去。这一下,杨延朗、耶律金娥都大惊失色,没想到这黑衣人来了这么一出。

杨延朗不愧为大宋第一猛士,瞬间察觉了这黑衣人的真正来意,朝黑衣人扑了上去,大叫道:"金娥快跑!"幸亏耶律金娥也是练家子,经杨延朗一提醒,立马侧身闪躲,可这刀还是劈在了胳膊上,划出了一道伤口。

杨延朗怒发冲冠,昔日的战神之力又回到了他的身体里,一跨

六、挥军北伐

步抓住那黑衣人的束带,用力往后一拖,直接把他摔在墙上,晕死过去。杨延朗没有停下,看到耶律金娥的胳膊已经被血染红了。"你快走啊,不要管我。"耶律金娥颤抖着说道,"你再不走,母后看到了,准以为你伤害我以后要逃走,那时候你就走不了了。"说完耶律金娥身子瘫软了下去。

"快来人啊,你们公主受伤了。"杨延朗哪里管得了那么多,抱起耶律金娥就往自己的房间里跑,把她轻轻地放到了自己的床上,一边还在叫着"快来人啊"。

不多时,杨延朗的房间就围满了人,杨延朗被契丹士兵拖走了,他的眼睛在离开屋子的最后一刻还紧盯着躺在床上的耶律金娥,一群大夫忙里忙外地给她包扎着伤口。

杨延朗又被关进了大牢,黑衣人就在他隔壁的牢房里。那人躺在地上,脑袋上也包扎着白布。

"杨将军……"他颤悠悠地说,"很抱歉,没能把您救出去,还害您落到了现在这步田地。"

"哼,别叫我将军,我不是你的将军。"

"将军……"

"是谁派你来的?"杨延朗走到那间牢房边上,眼睛散发着杀气,"不用问我也知道,你是王钦若的走狗。"

"将军,您在说什么,我怎么会是王宰相的人……"

"能别再演了吗?你演得一点也不好。你刚才在我房间的时候我就察觉出不对劲了,杨嗣将军才不会为了战俘而拿大宋的一寸土地作交换呢。为国捐躯,本来就是杨家军的宿命,如果成为国家的累赘,杨家军都有必死的觉悟。你这个谎,太拙劣!"

"哼哼……杨大将军,不管你是不是知道了,反正我的目的已经达到了。"

"我一开始就应该知道你是来挑拨离间的,没想到你最后竟然敢向金娥下手。"杨延朗气得大吼起来。

"金娥,金娥,哼哼哼,杨大将军,你已经等不及要当辽国的驸马爷了吧。这可不是我们主子想要看到的,如果辽宋打不起来,那我主子的计划就落空了。这场战争,必须有我主子添的一把火。"

"原来宋辽之战,都是王钦若搞的鬼。要不是他从中作梗,天下的形势也不会到今天这地步。"

"哈哈哈,只要等到大宋灭亡,我主子就是中原的皇帝了,你要是好好求求我主子,也许这驸马爷你还能当,哈哈哈!"那黑衣人怪笑道,"不过我估计,萧太后不会再信任你了,因为你可是逃犯,还是一个妄图杀害公主的奸佞之徒!"

杨延朗没有再说话,而是默默地回头看了看铁窗外的明月,攥着拳头,心里想着耶律金娥的笑颜。

3. 会师澶州

寇准率大军在官道上行进了个把月,终于到了澶州。杨嗣的十五万军队已经驻扎在这里。当二十二万大军在这里集结的时候,他们每个人都是豪情万丈的,王青、章淦、李星开想到大宋的命运也许就掌握在他们手里,内心都激动万分。不过他们又充满压力,知道定州已经失守,抗辽大军不能再往南后退一步,否则京城

六、挥军北伐

对于契丹人来说就近在眼前了。他们暗暗发誓,一步也不再后退。

大军已经驻扎下来,寇准和他的几个副将、谋士来到了杨嗣的元帅营,杨嗣已经和他的几个副将早早在这里等待着了。

"寇将军,路途遥远,您辛苦了。"杨嗣走上前去和寇准热情地打招呼。

寇准内心有点酸楚,眼前的老将军已经比当年离开京城时苍老许多,大风吹得他的白发飞舞,眼角布满皱纹,眼睛里全是血丝,也不知道是不是杨延朗被俘后他就一直没有睡好觉。定州失陷和杨延朗被俘的事他们在路上已经得到通报了,现在那个信使已经前往京城,禀报这个悲伤的消息去了。

"将军,辛苦的是您,如果不是您,更多士兵将全是契丹马下的亡魂。"寇准紧紧地握着杨嗣的手说,"我给您介绍一下,这是我的左先锋王青,擅长枪法,这是我的右先锋章淦,是使双斧的猛将。这是我的弓骑兵长,李星开。"寇准把自己的手下一一介绍给了杨嗣,当说到李星开的时候,杨嗣的一众手下都皱起了眉头。

"他不会是那个马贼李星开吧?"杨嗣身边一个五大三粗的壮汉说。

"杨焱,不得无理。就算真的是马贼李星开,寇将军将他招募到军中,定有他自己的主意。"话虽这么说,杨嗣还是疑惑地看了一下寇准。

李星开"啪"的一下跪倒在地,道:"杨将军,李某当年年少轻狂,做了对不起朝廷的事,可李某一心想为国效力,抗击契丹,只是报国无门,还望各位将军给李某一次战死沙场的机会!"

第四卷 澶渊和盟

杨嗣立即把李星开扶了起来说:"当年在对外政策上,国家羸弱了些,很多豪杰之士感到羞愧,纷纷与朝廷为敌。现在朝廷决定一致对外,你们能跟朝廷站在一起,应该是你们给了我们一个机会。如果全天下的人都有你这样的胸怀,十个辽国我们也不畏惧!"

在场的人大都为两人的对话而动容,但有几人还是一脸鄙夷的样子,杨焱就是其中一个。

"外面风大,我们进去商讨抗辽大计。"杨嗣手下的谋士贾平凡打破了这个尴尬的局面。大家默默地点了点头,跟着杨嗣和寇准走进了营帐。一个简易的沙盘就放在营帐中央,基本呈现了当下的兵力布局和地形状况。

"寇将军,正如你在路上得到的消息,我们已经失去了定州。杨延朗将军现在生死不明。"杨嗣坐在椅子上,有点失落地说,"辽军这次南犯,共发兵三十乃至四十万人,我们已经交过一次手,他们以骑兵为主,兵强马壮。"

贾平凡接着说:"我们的军队会师后,现在有二十二万兵力,以步兵为主,骑兵不到十万,装备也比较落后。最关键的是,辽军已经占据了易守难攻的定州和遂城。"

想到眼下的局势,大家一阵沉默,宋军对辽军,形势上并没有多少改观。

"据前方情报,辽军发动攻势,可能就是这几天的事了。我们要想好防守的对策。"贾平凡说。

寇准看了看沙盘,确实如杨嗣和贾平凡所说,形势不太乐观,

六、挥军北伐

而且澶州和定州之间以平地为主,这更是让辽军的骑兵如虎添翼。

"如果我们利用定州林到澶州的这段山脉呢?"甘鑫问贾平凡。

"倒是可以利用,我们可以埋伏一队骑兵,但我预计用处不大,他们会迅速冲到澶州城下。侧面的打击效果不会很好,除非我们能够正面抗击住他们,再从侧面反攻,杀他们一个措手不及。可我怀疑我们很难抵抗住他们的第一波冲击。澶州是拥有八个城门的城池,他们可以从任何一个城门攻进来。"贾平凡说。

"我是说如果用这块地方搞一个定州夜袭怎么样?"甘鑫看着贾平凡说。

"夜袭辽军?我想还不如把这点时间放到加强防卫上。"杨嗣也觉得这个想法不太靠谱。

"我倒觉得甘鑫这个想法不错,现在我们觉得辽军已经占尽了先机,契丹人也肯定这样觉得,这时候我们冒险去夜袭,他们绝对想不到。契丹人的优势就是战马多并且强壮,但如果我们在夜里袭击他们的马营,对他们的打击肯定是巨大的。"寇准一边思考一边说。

"将军,我觉得不妨一试,甘先生和寇将军说得不是没有道理。"贾平凡听完寇准说的,点了点头。

"那你觉得什么时候夜袭比较好?"杨嗣还是有点不敢作决定。

"就在今晚,今天风大,适合用火攻,偷袭契丹马营。"寇准说。

杨嗣终于也露出了一丝微笑,说:"寇将军,你的部下长途跋涉了几日,让他们今夜就休息。杨焱,今夜你和你的骑兵由寇将军指挥,夜袭契丹马营。其余将士,跟我一起布防澶州!"

杨焱道:"属下听令。"

这次夜袭由寇准统率,杨焱、李星开作为先锋,而王青作为支援,整个行动由五千轻骑兵完成。天很快黑了下来,一行人沿着定州林慢慢前进,整个队伍像丛林里的一条蟒蛇,慢慢地滑行,朝着它的猎物前进。

这两个先锋将并不那么和谐,他们在队伍前面小声地争吵着。"李星开,我不知道你是怎么混到寇将军身边的,我觉得你本性难移。哼,马贼。"杨焱很不屑地朝李星开说。

"哼,我只希望等会儿你别拖我的后腿。如果你碍我事,我第一个射烂你的脸。"李星开本来就是混迹江湖的马贼,说狠话自然不会输给杨焱。

两人没再说话,但是心里都憋了一股火。到了后半夜,队伍的行进速度更慢了,因为越接近定州,他们也就越危险,两人也顾不得斗嘴。定州很快就近在眼前了。

"马营在哪儿?"杨焱张望了一下,只有定州城孤零零地矗立在那里,丝毫不见辽军营地的位置。

"只能是西北方了,他们是有防备的,把整个军营放在远离定州林的位置,就是为了防备偷袭。而且我敢打赌,林子前面肯定有暗哨。"寇准一下子就明白了辽军的想法。

"那我们怎么办,原路返回吗?"杨焱问道。

"不能再往前走了,再走的话可能会惊动暗哨,但我们也不能

六、挥军北伐

无功而返。"寇准想了想说。

"那你想怎么办,直接杀过去吗?"杨焱很无奈地看着寇准和李星开。

寇准没有说话,像是在思考,突然笑了笑说:"杨将军你说得对。我有办法了。"杨焱听寇准夸他说得对,眉毛皱成一团,一副不敢相信的样子。

"星开,城墙上面有三个巡逻兵,你能射杀吗?"寇准问李星开。

李星开望了望定州城墙,上面确实有三个巡逻兵,分别驻守在城墙的两侧和中间,他握了握腰间的神臂弓,说:"没问题。"

杨焱的眼睛瞪得浑圆,不可思议地望着李星开,要知道今天的风可不是一般的大啊,更何况还是深夜,连月亮都看不清楚。

"听我说,我们来一招声东击西。杨焱,你带一小队人马继续往前走,触动暗哨,暗哨的人马不会太多,他们会发出警报,让整个军营的人加强戒备,并且大量的兵马会从城后直接过来抓你们。接下来就轮到我们了,李星开,你先去前面解决三个放哨的,然后我们大军绕后,从南门迅速到西门去,找到马营,放火烧营,再迅速撤离。一旦他们发现军营失火,必然会回防,我们再一起撤离。记住,这里驻扎着辽军三十万兵马,不要想着能够与之正面交战,我们今晚只是来放一把火的。"

"明白。"众将士纷纷听令。

杨焱虽然觉得这个计划很不靠谱,可没办法,服从命令是军人的天职。他的百人小队迅速离开大队,快马向定州林前方跑去,果不其然,他们没跑多久一个小的哨卡就出现在眼前。大概十几个

第四卷 澶渊和盟

契丹士兵正在站岗放哨。他们听到了隆隆的马蹄声，立即警觉起来，很快就发现敌人已经冲到了哨卡前。契丹士兵和杨焱交起手来，杨焱使用的也是枪，他的枪叫梨花枪，是一杆特别长的枪，枪头有着梨花一样的花纹。此时的梨花枪染满了鲜血，杨焱很快把那几个哨卡的士兵斩杀殆尽。

可哨卡的防御信号还是发了出去，红色的狼烟也在他身旁的大火炉子被点燃了。

城西北的军营迅速收到信号，牛角鸣声从军营传递过来。不到一炷香的工夫，隆隆的马蹄声就从西北方向传了过来，数万辽军从营中出动了，但宋军夜袭并没有让他们慌乱，他们依旧整齐地向哨卡方向奔来。

寇准知道是时候了，向李星开点了点头。

李星开骑着他的黑马迅速从定州林里冲了出去，直接往东南方向奔去。他借着黑暗，迅速接近东南角的巡逻兵，眯着眼睛在林子里搜索着敌人。

李星开不能太往前，再往前可能会暴露自己。今天的风真大，李星开心里这么想着。他让自己的坐骑放慢了速度，掏出神臂弓，架上一支箭。他在心里计算着风的力度和速度，很快摆出了一个奇怪的姿势。他把箭头瞄准了离巡逻兵很远的地方，仿佛要射的是旁边的月亮。

"中！"箭从他的手里飞了出去，竟然划出了一道奇异的弧线，像在空中飞舞的幽灵一样，直接穿透了巡逻兵的心脏。巡逻兵应声倒地，从城墙上摔了下来。剩下的两个巡逻兵也是一样

六、挥军北伐

的命运,都被李星开神一样的箭射倒在地。这一切都被寇准看在了眼里,再一次证明了自己所想没错,李星开的箭法会派上大用场。

障碍清扫完毕,四千多人的夜袭队伍可以从南城墙绕过去偷袭了。此时,杨焱的队伍也已经开始撤离,迅速地往定州林方向跑,再从定州林里往南撤。

寇准则和李星开悄悄地带着士兵溜到了契丹军营外,此时受到敌袭影响,整个军营加强了戒备。辽军大都在东南方向,看来寇准的声东击西战术起了作用,西北这边的军营大都空着,根本没有人在驻守。这给了寇准可乘之机,他们很快就找到了马营的所在地,就在定州西郊不远处的空地上。

"放火!"寇准简洁地下达了这一命令。早就准备好的木棒和火石被齐刷刷地拿了出来,队伍迅速在各处放火。几个驻守马营的士兵当即被宋军斩杀。很快,整个马营就开始燃烧了起来,不一会儿火光冲天。"撤!"夜袭队伍立即南撤,撤出战场。

冲天的大火很快吸引了追击杨焱队伍的契丹将领们,他们搞不清楚追击的对象就在眼前,马营那里怎么又起了大火。

"糟,中计了!"萧挞凛迅速调转马头,只留一小部分人马追赶杨焱,自己带着大部队赶回去救火。马营是辽军胜利的基石,出不得一点差错。可惜,呼啸的东风将那冲天的大火刮得越来越大,契丹人千里迢迢运来的草料成了这一场大火的祸源,无数的马匹因为困在马厩里而被烧死、呛死,大火越烧越旺,从城里运来的水也是杯水车薪,根本灭不了火。契丹人只能眼睁睁地看着大火将他们的营地烧成了灰烬。数万匹战马被烧死,几千人在火中丧生,寇准这次奇迹般的突袭,成为整个澶渊之盟过程中最浓墨重彩的一笔。就是因为这夜的突袭,将契丹强大的军事实力削弱到了和宋朝同一级别上,让宋人有了抗击辽国的资本。

七、澶州之战

1. 逃离遂城

在澶州都能看见定州方向冲天的火光,当寇准和杨焱的五千兵马安全从北面归来的时候,迎接他们的是二十余万人的欢呼声。就连杨嗣的脸上也露出了笑容,这是杨延朗被捉走的这么多天,他第一次真的放松了下来,心里也在想着,这回抗击辽国真的有希望了。这时候东边的天空泛起了鱼肚白,天亮了。

"突袭成功!"寇准、杨焱等人走进了杨嗣的营帐。他们几个拼杀了一晚,脸上带着倦色,可神情依旧是欣喜异常的。

"我们已经看到了,那冲天的大火,估计辽军损失惨重。"杨嗣说。

"比我们想象得还要顺利,萧挞凛忙着去追击杨焱将军,让我们几千人肆无忌惮地在他的马营中纵火。契丹人草料多,一会儿就全烧起来了!"寇准说。

"杨焱,待我上报皇上,给你奖赏。"杨嗣为自己的侄儿在任务

第四卷　澶渊和盟

中发挥了大作用感到高兴。

杨焱听了倒有点不好意思。"唉,我啥也没干,让谁来当这个诱饵都行!倒是多亏了星开兄,他的箭法可真是神乎其技!我到现在还没搞明白,你们是怎么突破北城墙的警戒的?要真是一箭射下来的,那星开兄,都是老弟我昨天多嘴,说了不该说的话,您可别在意啊!"杨焱说完摸了摸后脑勺。

"哪里哪里,李某别的不会,就会射箭,要不是杨兄神勇,和萧挞凛纠缠那么长时间,我们没有那么多时间火烧辽军大营!"李星开也谦虚了起来,双手抱拳,两人这就算化解了之前的恩怨。

"二位都不用谦虚,在这次行动中二位都是头功。杨将军,昨日大胜辽军,他们元气大伤,我们应乘胜追击,再扳回一城!"寇准向杨嗣建议说。

"寇将军说得没错,老夫正有此意。将士们已经休整完毕,随时可以向定州进军。杨焱、李星开,你们二人昨夜突袭有功,今日就和寇将军在营中休息,这次就由我亲自带兵,围攻定州!"杨嗣说。

三人纷纷点头。辽军毕竟还是势大,如若此时盲目进攻确实容易导致前功尽弃,利用几波骑兵不停地冲击定州的防守,让他们无心救火,慢慢削弱其实力才是上计。于是,三人抱拳离去。

杨嗣不肯放过骚扰萧挞凛的大好时机,被辽军攻了这么久,终于有机会报仇了。整理好行装的他带领七八万兵马离开了澶州,向定州杀去。

七、澶州之战

三日后,遂城大牢。

一缕阳光从大牢唯一的窗口照射了进来,穿过木栏杆,打到对面的墙上。一个人影悄悄地从墙那头走了进来。

"谁在鬼鬼祟祟?"杨延朗板着脸、眯着眼睛,盯着走进来的人影。突然他的神情一变,脸上露出了灿烂的笑容。来人穿着便服,可容貌极其美丽,淡妆素雅,眼神却是刚毅深邃,就是面容有点惨白,仿佛大病初愈不久,原来来人正是耶律金娥。

"丫头,你怎么来了?还打扮得如此奇怪,你的伤怎么样了?"杨延朗站起身来,走到栏杆前。

"我的伤并无大碍,皮肉伤痛而已,已经恢复了。"耶律金娥很警惕地看着隔壁的牢房,里面关着的正是伤她的人,此人在午睡。

"这人是来陷害我的。"杨延朗很无奈地笑了笑,"结果反而还伤了你,真是过意不去啊,是我连累了你。"

耶律金娥微笑着摇了摇头,道:"不管他了,现在你最重要。"说完她脸有点红,原来白白的肤色上有了一丝血色。杨延朗看到她纤弱的样子不禁有点心疼,平日里的耶律金娥有点男孩子气,如今受伤了,反而让她有了女人味。

"我怎么最重要了?"杨延朗也有点不好意思地说。

耶律金娥突然想起来什么,一扫重逢的喜悦,说:"萧将军要来杀你了!"

"为什么?"杨延朗突然明白了什么,"他吃败仗了对吗?杨将军把他打败了对吗?"

耶律金娥点了点头,隔壁牢房的那个杀手不再假装午睡,也坐

第四卷　澶渊和盟

了起来，静静地听着二人对话。

"怎么回事？"杨延朗压低了声音，悄悄地问。

"辽军在定州遭遇突袭，战马死伤数万匹，粮草基本烧光。杨嗣带着几万兵马每日骚扰定州，称如果不放你就把定州踏平救你出去。萧将军大怒，说是要将你在定州城上砍头。"耶律金娥说到最后差点哭了出来。

"没事没事，金娥，你给我带来了最好的消息！"杨延朗面露喜色，没想到终于等到这天，宋军大败辽军，看来寇准已经和杨将军会合，二人合力，现在已经有了和辽军抗衡的能力。

"我不要你死，"耶律金娥的眼睛里充满了泪珠，"我要把你弄出去。"

"大小姐，您要美人救英雄，也别忘了我这个死人哦，嘿嘿嘿。"那刺客把这一切都看在了眼里，此时正坐在地上，狡黠地笑着。

"算了，我杨延朗本来就没想活着回去。能在死前认识你这个好朋友，死得其所，哈哈哈！"杨延朗天性豪迈，根本顾不得什么生死，能认识知心好友，已倍感满足。

"你这个傻子，你死了，我怎么办？"耶律金娥收住眼泪，嗔怒起来，使劲捶了杨延朗一下。

"你怎么办？你找人帮我收尸就好。没事的，我就死在定州，我会在定州城墙上鼓励我的兄弟们的。"杨延朗皱着眉头说。

"真是大傻子，哈哈哈哈！耶律公主，您就让他死了吧，这种人活着也是让人受累啊。"那刺客在地上乐得直打滚。

"什么意思？你知道什么就过来跟我说话，女孩子的心思我可

七、澶州之战

猜不着。"杨延朗说着拖着手铐脚镣走到那人面前,两个牢房之间隔着木柱,有勉强能伸进一个胳膊粗细的缝隙。

"人家说你傻你还真傻啊,杨大将军,你还不明白姑娘的心思?"那刺客挑衅似的走到杨延朗面前,警惕地看了看杨延朗的手铐,才放心地离他近了一步。

那刺客对着杨延朗的脸说:"我说,人家女孩子说'你死了,我怎么办'的时候……"说时迟那时快,一只手从缝隙中伸过来,紧紧地掐住了刺客的脖子。杨延朗的双手不知什么时候已经从手铐里解放了出来,"我当然知道意味着什么。"杨延朗力能扛鼎,没一会儿把那刺客的脖子捏断了,"意味着她可能抽不出工夫帮我收尸!"说完把那刺客的尸体往地上一扔。

耶律金娥听完破涕为笑,杨延朗捡起插在手铐上的钥匙,打开了自己的脚镣。耶律金娥则用手里的另一把钥匙打开了牢门,说道:"外面还有两个牢头,我叫他们进来,你打晕他们。"杨延朗点了点头。

打晕牢头后,杨延朗换上了契丹人的衣服。

"你怎么办?"杨延朗看着耶律金娥说,脸上露出担忧的神情。

"我不能留在这里了,把你放走了,萧将军肯定饶不了我。"耶律金娥略带哭腔地说。

"你是公主,他不会难为你的。"杨延朗眉头一皱说道。

"我只是公主而已,放了你就是犯了大罪,我肯定会受罚,现在将军已经在气头上了,就让我跟你走吧!"耶律金娥嗔怒地说。

杨延朗一脸无奈,道:"好吧,反正没有你我也出不去。我们走

第四卷 澶渊和盟

吧,你到了外面别哭鼻子就好了。"

"我就是出来潇洒的,我的小姐姐早就在宋国玩过一大圈了,母后老是担心我,不让我来。"耶律金娥听到杨延朗要带她走,一下子就高兴了起来。

杨延朗心想,就知道这小丫头想着出去玩,什么怕责罚肯定是骗他的。但他既然答应了人家,也只好带她上路了。不过想到两人要一起上路回家,杨延朗的内心反而有点激动起来。但他好像听到了什么小姐姐,又问:"什么小姐姐?"

"跟我来就知道了。快走吧,此地不宜久留,我们得赶快出城。"耶律金娥看时候差不多了,带着杨延朗离开了牢房。

两人很顺利地离开了王先知府,杨延朗已经乔装打扮成了一名普通的契丹士兵,又在公主的身后走着,所有人都以为他是公主的贴身侍卫。两人在遂城的小巷子里走着,来到一家茶馆。此时的遂城已经被辽国掌控,随处可见契丹士兵,宋人并没有被赶走,但在契丹的高压统治下,他们的日子并不好过,很多人流离失所,成了契丹人的奴隶。

此时已经有一个人在等着他们了,她穿着蓝灰色的契丹长裙,梳着高高的发髻,如果说耶律金娥有女性的刚毅,那这位美女则真正体现了契丹族女子的柔美。此人不是别人,正是在京城和寇准作别,千里迢迢来到这里的萧挞雪。"这就是你说的那个人?"萧挞雪打量着杨延朗,杨延朗不好意思地报以微笑。

耶律金娥说:"哎呀,你这样看他,他会不好意思的。延朗,这就是我说的那个小姐姐,多亏了她给我报信,告诉了我定州的战

七、澶州之战

事,不然我也不会知道你要被杀的事。"

"在下在这里谢过了!"杨延朗抱双拳向萧挞雪示以敬意。

"哎,不要多礼,既然是我妹妹的好朋友,我能帮上忙自然很高兴。何况我并不恨宋人,我对宋人的文化、历史也感兴趣。我已经在你们国家游历了一番,领略了你们的大好山河,跟我们辽国真的不一样。我也结交了一位宋人好友。只可惜现在两国交战,死伤无数,百姓也在水深火热之中啊。"

"萧小姐当真是心胸宽广,善良慈悲。你送我回到营中,我必会为陛下分析形势,争取两国早日交好。只可惜朝廷内王钦若从中作梗,在辽宋之间挑拨离间,害得两国征战不休,如若我回到朝廷,必手刃了狗贼不可。"杨延朗说到最后,义愤填膺,恨不得将王钦若杀之而后快。

"只可惜现在两国交战的事实还无法改变,我叔叔萧挞凛如今正因为定州大败而恼怒,现在你又从牢房里拐着公主逃了出来,恐怕两国日后必然会大战不休。"萧挞雪说。

杨延朗仔细一想,确实如此,当即说:"我这就带着公主到萧太后前自首,不可再动干戈!"

"好不容易救你出来,你又要去送死,你怎么不会动动脑子。"耶律金娥捶了杨延朗一下,说,"现如今公主在你手上,你不知道好好利用!"耶律金娥说完脸"刷"地红了,知道自己说错话了。

萧挞雪"咯咯咯"地忍不住笑了起来,看着小妹春心一动,自己也倒想起平仲来了。"真的,这倒不失为一个好办法,两国联姻,可以帮助两国交好,这场战争可能真的能够平息呢。"萧挞雪说完朝

第四卷 澶渊和盟

耶律金娥眨巴着眼睛。

耶律金娥不好意思地看了看杨延朗。

"好啦好啦,这都是后话,当务之急是我们怎样才能离开遂城。这里你也看到了,到处都有重兵把守,估计你越狱的事情已经被太后知道了,她正派人到处抓你呢。叔叔派的人也正往这边赶过来,如果不快点离开遂城,恐怕我们的美梦要碎了。"萧挞雪紧接着又说道。

可是怎么才能离开遂城呢?在城里穿着契丹服还好,但是如果要出城,一定会接受盘查,一旦被把守的士兵检查到,他俩肯定会被抓起来。

两个人一下子焦急了起来,萧挞雪又"咯咯咯"地笑了起来,"看把你俩为难的,我已经安排好了,咱们即刻行动,不过一会儿可得委屈你俩了。"

果不其然,遂城南大门有一排契丹官兵把守着,检查着所有过往的行人和货物。一位戴面纱的女将带着两个随从拉着两车草料从大道上行了过来。这一队人马老远就吸引了城门巡逻队的注意。

"喂,停车。"一个城门巡查队长带着两个士兵走上前来,"把面巾摘下来,这是什么?"他指了指后面的两车草料。

那女将把面纱摘了下来,露出了秀美的面庞。萧挞雪从腰间取出一块牌子,那巡逻队长两眼一下子就亮了,点头哈腰地说:"啊,是萧郡主,在下有眼不识泰山,还望郡主息怒。但现在是非常时期,上面下来命令,捉拿一名逃犯,逃犯可能还挟持了公主。兹

七、澶州之战

事体大,我们必须严查,还望郡主海涵。"

萧挞雪点了点头,说:"事情我知道了,但这些草料是送往前线的,萧将军现在急用草料,定州大火想必你是知道的。"

巡逻队长笑眯眯地点着头:"我自然是知道的,可您也知道,严查过关人员和货物可是萧太后的命令。"

萧挞雪很无奈地说:"麻烦快点,如果前线草料供应不及,拿你是问!"

巡逻队长挥了挥手,四五个巡逻兵拿着刀叉开始在草料里胡乱地翻找起来,他没有动手,只是笑呵呵地看着萧挞雪。他又看了看那两个随从,说:"这是您的随从吗?"

两个随从都是契丹人的模样,只是脸上、身上很脏,萧挞雪又掏出两张身份凭证。巡逻队长微笑着看着两张纸,可眼睛还时不时地瞅着后面的两辆马车,他正等待着从里面搜出点什么。

然而让他失望了,一个士兵跑过来报告道:"队长,都翻遍了,没有可疑的东西。"

"好的,我知道了。"听到结果他点了点头,本以为这里面肯定会藏着什么人,然后又笑呵呵地朝着萧挞雪说,"郡主,这都是上面的严令,我肯定是相信您的。还请您出城吧,尽快把粮草送到前线。"说完一挥手,全部的士兵站成一排向萧挞雪敬礼辞别。

萧挞雪点了点头,带着马车离开了遂城。一行人走小路,向西南走了大概三十多里地,再三确认没有跟踪的人之后才算真正放下心来。

"小姐姐,还是你厉害啊,想到了这个让我们离开遂城的办法。"说话的是耶律金娥,但她已经乔装得和普通的契丹农民没什么区别,脸上甚至还要脏,身上穿的还要破旧,如果不仔细看,真看不出她本来的样子。

"哈哈,倒是难为你俩了,穿得脏兮兮的。"萧挞雪莞尔一笑。

"这算什么,我在牢里的样子不比这个好。"另一个高大的农夫正是杨延朗,驼着背,戴着一顶破草帽,原本英俊的面庞上现在挂满了泥巴。他接着说,"这两辆马车足够可疑,结果真把他们的注意力吸引过去了,完全没有核实好我俩的身份就放我们走了。"

三个人想到刚才的紧张场面,现在终于轻松下来,说笑着朝澶州行进。

2. 神箭李星开

当在遂城彻底搜查了五天以后,辽国才不得不承认战俘杨延朗和公主耶律金娥消失的事实。萧挞凛的手下千里迢迢跑来拿人,在得知战俘从他们眼皮子底下逃走以后,又马不停蹄地奔了回去,告诉萧挞凛这个难以接受的事实。萧挞凛并没有当即气得吐血,但还是眼睛一花,一脚踢死了给他报信的士兵。好不容易扶着桌子稳定了下来,他咬牙切齿地说出了这么一句话:"杀向澶州!"

辽军虽然损失了近十万匹战马,可瘦死的骆驼还是比马大,浩浩荡荡的三十万大军在定州城南集结,场面相当宏伟壮观。辽国第一名将萧挞凛亲自领兵,这支恐怖的军队仿佛无往而不胜。

在澶州的宋军方面,得知辽国要大举进攻之后,才知道他们的

七、澶州之战

大将军从遂城带着小公主出逃了。他们内心虽然很激动,期盼着可以跟将军重逢,可这股激动劲儿并没有持续多久,辽军已经全面压上,等待他们的将是辽宋主力军的直接对抗。这场大战还是如期而至了,将士们知道会有这么一天,可当这天真的来临,他们的内心还是很紧张。成功,则国泰民安;失败,则意味着国破家亡。

比将士们还要紧张的莫过于寇准、杨嗣等人了,他们的某个决定可能直接导致战局的变化和宋朝的生死存亡。几个人默默地站在沙盘面前,谁都没有先开口说话。

杨嗣毕竟是老将军,征战沙场数十年,获胜无数。他扫视众人,用他一如既往的浑厚的嗓音慢慢地说道:"大战在即,各位应该做好准备了。"也可能是杨延朗从遂城逃离的消息鼓励了他,此时他正炯炯有神地扫视着他的部下道,"各位,对于这次的战斗,有什么想说的?"

杨焱使劲拍了一下胸甲,道:"反正兵力差不了太多,咱们一个杀他十个!"

贾平凡道:"杨将军不可操之过急,敌军兵力要多于我们接近十万人,骑兵数目更是我们的两倍。如果正面对抗,恐怕我们撑不住。"他看杨嗣默默地了点头,接着说,"我们唯一的机会只能是先防守,抵抗住这次的进攻。"

"可如果只是一味防守,恐怕我们的实力早晚会被消耗殆尽。"一旁的甘鑫摇了摇头说。

"对,不能被动防守,必须要予以还击。"寇准看着沙盘点了点头道,"其实我这几天都在想,定州、澶州之间的广阔平地对辽国骑

第四卷　澶渊和盟

兵来说,是长处也是短处。"

"平地当然适合骑兵入侵,有什么短处?"杨嗣问。

"骑兵在广阔的平原上行进,速度可以奇快,唯快不破。可那么庞大的骑兵队伍,一旦先锋乱了阵脚,整个阵势都将毁于一旦。"寇准慢慢地说。

"让他们自乱阵脚?"杨焱摸着脑袋,有点想不明白。

"对,三国时诸葛亮发明了一种木钉,骑兵冲进木钉阵里,死伤无数。咱们摆钉子阵是来不及了,可挖点陷阱的时间还是有的。我们在澶州北郊设置陷阱,再在两翼埋伏好,辽军必败。"

杨嗣听后大喜,立马下令,八九万人用一个时辰就在澶州北郊设置了深深的陷马坑。陷马坑里插上了削尖的木头,上面铺上了薄木板,并覆盖上了沙土,弄得与其他普通地面无异。战场两侧也已经埋伏好了王青、杨焱两队骑兵,总共七万余人。其余十五万步兵,一半在城门外列阵,一半在城内待命。杨嗣、寇准和李星开骑马在步兵队伍前领兵。一切准备妥当,只等辽国大军杀到。

未时时分,金甲闪耀,马蹄狂鸣,辽军仿佛一阵黑烟一般杀到。当他们目力可及澶州的时候,就在萧挞凛的带领下开始加速,万马奔腾的阵势,让在场的所有人震撼。

双方的战鼓声一阵一阵地咆哮起来,整个战场都沸腾了。站在步兵前列的寇准眯着眼睛,他在寻找萧挞凛。不一会儿,他终于在这千军万马中找到了这个辽国名帅。萧挞凛身着漆黑的铠甲,手上拿着长长的战戟,背后的红色斗篷在风中狂舞,那眼神仿佛要把整个澶州摧毁。

七、澶州之战

辽军铁骑的速度太快了,仿佛只是一个眨眼,他们就来到了眼前,先锋军更是快要杀到城下了。宋军的战鼓停了下来,整个宋军变得鸦雀无声。每个人都在祈祷,祈祷那陷马坑能够起到作用,不然后果不堪设想。一大队战马已经杀到眼前,宋军几乎绝望。可寇准坚信那计划是行得通的,果然,当第二批战马踏到那木板上时,木板开始坍塌了,辽国骑兵连人带马冲进了坑里,第一批跑得慢的骑兵也掉了进去。辽军瞬间阵脚大乱,前面的人想停下,可后面的人看不到前面的情况,只顾往前冲,结果一波接一波地撞翻了前面的士兵,一眨眼的工夫陷马坑里便堆满了被踏死和扎死的辽军士兵。

"停!"在队伍中间的萧挞凛爆发出了惊人的咆哮,契丹人的特质在他的身上得到了淋漓尽致的体现,这个九尺大汉仿佛一座小山,训练有素的辽国士兵在接到命令后立即拉停了手中的坐骑。

辽军骑兵没有全军覆灭,宋军大感失望,战鼓再次擂动起来。两翼的王青、杨焱接收到了信号,从两侧杀将过来。萧挞凛也慌了,没想到宋人使用了这么狡诈的战术,可毕竟是征战多年的人,兵不厌诈的道理他不是不懂。他对着城墙下的杨嗣怒目而视,那眼神让杨嗣的坐骑都紧张起来。

"抵抗两翼,缓慢后撤!"萧挞凛发出了开战后的第二条命令。

辽国确实实力强大,二十余万人立马兵分两路,迎向包夹来的宋军。

"北伐军,随我杀!"杨嗣使劲拍了一下马肚子,拿着银龙枪像箭一样冲了出去,带着将士们绕过陷马坑,加入左翼包夹的队伍中

第四卷 澶渊和盟

去了。

寇准率部向王青的右翼队伍冲了过去。此时右翼的包围圈已经有了被突破的迹象，契丹人人高马大，要不是包夹突袭，正面对抗宋军就更不成问题了。不过王青依旧勇猛无敌，一杆乌金长枪在敌阵里左突右冲，刺穿了一个又一个契丹人的咽喉。

萧挞凛选择左翼突破，大批的将士跟在他的周围，形成了一股难以抵挡的力量。如果说杨延朗是大宋第一猛士，那么萧挞凛可能真的是天下第一猛士了，巨大的青龙战戟一挥就扫倒一片，仿佛吕布再世，战神下凡！可杨焱根本不是贪生怕死之辈，提着枪就迎了上去，杨家枪法也确实厉害，一时竟然真的缠住了萧挞凛。萧挞凛使长戟横扫敌军很顺手，可面对灵活的杨家枪，还真有点捉襟见肘。眼看突破的速度趋于停滞，杨嗣又带着数万步兵杀了过来，他竟然单手挥起了长戟，右手直接抓住了杨焱的长枪。杨焱还是第一回遇见这种打法，赶紧用力往回抽。可这臂力，普天之下，萧挞凛称第二，谁人敢称第一？这枪像是扎进了石缝里一样，纹丝不动。萧挞凛怒哼一声，抓着长枪连人带马将杨焱掀倒在了地上，左手长戟直接朝着杨焱胸口刺去。

"不要！"杨嗣一看这情形，大惊失色，失声喊道。可他还是晚了一步，长戟穿透了杨焱的胸口，深深地扎进了土里。力量之大，萧挞凛连拔了两下都没拔出来，索性弃了长戟，拿着杨焱的长枪继续向前杀，如入无人之境，左翼包围圈几乎被突破。

杨嗣眼看亲侄儿被萧挞凛刺死，眦眦欲裂，悲鸣一声，提着银龙枪追赶上去。萧挞凛无心恋战，转身欲走。可杨嗣果然还是征

七、澶州之战

战沙场多年,无论技艺还是力量,都在杨焱之上,两三下就把萧挞凛拦了下来。丧侄之痛让杨嗣有点自乱阵脚,要不是萧挞凛手上的枪不是自己的,耍得并不顺畅,杨嗣恐怕也敌不过两三个回合。就在杨嗣眼看要败下阵来之际,章淦提着双斧杀了过来,章淦的力量倒是能稍稍和萧挞凛一搏,二打一的局面,才让萧挞凛战马的速度降了下来。

这一切都被一个人看在了眼里。即使好兄弟被刺死,他依旧心如止水。在这场包围战开始前,他就已经锁定了目标,寇准在战前就跟他说,这场战斗,你的敌人只有一个,杀了他,宋军胜,放了他,宋朝亡!没错,他的敌人只有一个,萧挞凛的命就是他的!

神臂弓被架了起来,李星开眯着眼睛,瞄向前方。一个步兵方阵在他周围守护着,确保他的射击不被任何人打扰。时间仿佛静止下来,云也不再飘动,整个战场安静了下来。萧挞凛左突右进和杨嗣、章淦战得正酣,根本顾不得远处的这个阵势。突然,一支箭破空而来,萧挞凛根本来不及做出反应,一支长箭贯穿了他的胸口。杨嗣、章淦也被这突如其来的情况震惊到,甚至忘了对萧挞凛补刀。萧挞凛调转马头,提枪就跑。又是一箭破空而来,带着呼啸的声音,稳稳地钉在了萧挞凛的后背上。萧挞凛没跑几步就从马上坠落下来,天下第一猛士就这样死了。整个战场都沉寂下来,辽军好半天才从震惊中惊醒,像疯了一般四处逃散,溃不成军。

辽军在澶州一役大败而归,三十万人从战场上逃回来时不足一半,元帅萧挞凛在澶州中箭身亡。自此,辽军再无南下的力量。

3. 澶渊之盟

落日的余晖还赖在澶州城的房瓦上不走,整个城市笼罩在一股春天的气息当中,整个大宋都笼罩在一股祥和的氛围里。西北战事平定了,辽国的入侵被挫败了,寇准坐在澶州易兴酒楼的两楼把玩着手里的银质小刀,他的目光停留在每一个路过的行人的脸上。他们的脸上都是喜悦,寇准难得又见到了人们开心的表情,突然三个奇怪的行人撞进了寇准的视线里。

一个农民打扮的人走在最前面,像是领路的样子,另一个农民则紧跟着他,最后一个戴着面纱的女子跟在两个农民身后。这三个人太奇怪了,特别是那个戴着面纱的姑娘,怎么看都像是自己认识的那个人。寇准二话没说,扔下两个铜板跑下楼来。

"哎,真的是你!"寇准走到戴面纱的女子面前。

"平仲!"萧挞雪不敢相信眼前看到的这个人,以为自己不会再见到他了,"你怎么会在澶州?"

"你们认识?"杨延朗看到多年未见的寇准,大喜过望,而让他更没想到的是寇准竟然和萧挞雪认识。

"我们当然认识啊,这位就是我在宋国的朋友。"萧挞雪高兴地说。她看到寇准手里竟拿着自己送给他的小刀,内心一紧。

"对啊,说来有趣,我们可是赌友哦。"寇准高兴地拍了拍萧挞雪的胳膊,"对了,萧雪,这两位是谁啊?"寇准问萧挞雪。

现在轮到杨延朗和耶律金娥大眼瞪小眼了,杨延朗现在挺怕萧挞雪遇见宋人,特别是这个寇准。当他得知辽军大败的消息后

七、澶州之战

既高兴又忐忑,高兴的是宋军大捷,忐忑的是如果萧挞雪到时候遇见了宋人,她还能像之前说好的那样,极力促成辽宋友好吗?宋军可是在澶州杀了她的亲叔叔萧挞凛啊!可这萧挞雪如今见到罪魁祸首,竟然还和没事人一样,高兴地称兄道弟,这到底是怎么回事?难道萧挞雪根本不知道寇准的真实身份?

萧挞雪看了看寇准,眼神闪烁着,耶律金娥一看就知道这小姐姐八成是爱上这个潇洒的公子哥,也"咯咯咯"地发出笑声。耶律金娥听到辽军大败的消息后也是难过了许久,可她毕竟更看重和平,特别是自己深爱的男人就是宋人,现在她更想看到辽宋交好,而不是战争。想到辽国现在大败于澶州,可能这就是因果报应吧,她也就释然了。

"哈哈,这两位你肯定认识,他们来头可不小啊。特别是这位兄台,他可是你们大宋第一猛士杨延朗!"萧挞雪高兴地介绍着杨延朗,以为寇准会流露出崇拜的神情。可寇准却直接跳上前拥抱了杨延朗。

"杨兄,你是怎么从遂城逃出来的?"寇准一听竟然是好兄弟杨延朗,顿时心花怒放。

"说来话长,可总而言之,多亏了这两位姑娘。"看来萧挞雪和寇准确实互相不知道对方的真实身份,杨延朗不敢再多说。

然而寇准却有点怀疑萧雪和这位姑娘的真实身份了,他知道有一个辽国公主跟杨延朗一起消失,这萧雪必然是辽人。萧雪,她竟然姓萧!寇准心里一怔,如果她知道自己的真实身份,可能就不会对自己如此友好。可已经到这一步了,他根本没有

第四卷 澶渊和盟

办法再隐藏自己的身份,一旦回到军中,自己的身份必会被揭穿。

杨延朗仿佛看穿了寇准的想法,道:"平仲,我现在要出城去营帐,我们就此别过吧。"

寇准看着萧挞雪,茫然地点了点头。

萧挞雪说:"我就不去了,叔叔惨死在这里,我不能不义。希望你俩能促成辽宋交好这桩好事吧。"萧挞雪催促着两人赶紧回到营中,"你们走吧,我和平仲还有话说。"

杨延朗意味深长地看了寇准一眼,带着耶律金娥离开了。

"看来你很喜欢它嘛。"萧挞雪指了指寇准手中的小刀。

"对对,它很漂亮。"寇准忘了手里还攥着那把小刀,尴尬地回道。

"看样子你和杨延朗是熟识啊。说吧,你是大宋的哪位大人?"萧挞雪以热情的口吻试探性地问道。

该来的还是来了,萧挞雪可能已经意识到了自己的真实身份,寇准心想。可既然已经无法躲避,他想了想说:"在下寇准,字平仲,大宋北伐大将军。"

萧挞雪没有马上说话,看着长长的街道,似乎在等待着什么人出现。

"你跟萧挞凛的关系不一般吧?"寇准问道。

"他是我叔叔,甚至就像我的父亲,"萧挞雪没有看寇准,仿佛在自言自语,"我父亲在战争中死了,我几乎就是他养大的,他喜欢把我和哥哥扛在肩上逗我俩玩,或是骑着马带着我们在草

七、澶州之战

原上奔驰。我们大辽的天空可蓝了,你知道吗,平仲,我希望我叔叔能回到草原上去。"萧挞雪的眼睛慢慢地闭上了,眼泪涌了出来。她往前一步抱住了寇准,带着哭腔问,"我叔叔能回到草原上,对吗?"

"你叔叔一定能回去。他在死前,一直朝着北方奔驰。他死后一定能到那里,你们大辽的草原和蓝天。"寇准环抱着萧挞雪,感受到了这个娇小的身躯在颤抖,她这几天可能都在故作坚强,这一刻终于在自己面前爆发了。

"我不怨你,我更怨恨战争,"萧挞雪渐渐平静了下来,两人还是拥抱着。萧挞雪在寇准耳边说着,眼泪打湿了寇准的肩膀。"我不是三五岁的小孩,知道战争的意义。它是严肃的、可怕的,再坚强的猛士也会倒在战争的铁蹄之下。我越来越理解杨延朗和我妹妹金娥了,只有和平才能让我们的生活安定下来,就像现在这样,对吗?"

"如果辽国的云彩能飘到我们大宋来,我想我们也能和平共处。等我回到朝廷,我一定尽力促成这件事。"寇准平静地说道,他也坚定了自己内心的想法,他要终结这场战争。

两人就在这里分别了,萧挞雪要回到辽国,回去参加叔叔的葬礼。在临走前,她郑重地跟寇准说,自己其实叫萧挞雪并让寇准牢牢记住这个名字。

一个月后,京城皇宫。

"皇上,现在正值辽国虚弱,不如现在大举出兵,一路杀到辽国

第四卷 澶渊和盟

的都城啊。"王钦若跪在地上,求皇上出兵讨伐契丹。"皇上,只要您亲自出兵,三十万大军无往而不胜啊!何况我们已经掌握住了辽国公主,拿她做人质,契丹定会忌惮我们三分。"

"王大人,你怎么会出这种主意?"杨嗣怒目而斥。杨延朗和耶律金娥站在杨嗣的身后,杨延朗上前一步,恨不得一脚踹死这个奸臣,可现在无凭无据,王钦若在朝廷中势力又大,他不敢妄动。"我已和金娥结为夫妻,如若你想动她的歪脑筋,王大人,在下拼死也要保护自己的妻子!"

寇准也从队伍里站了出来,跪下禀报:"皇上,臣寇准也有一事相求。"

"爱卿免礼,尽管说来。"赵恒真心感激这个年轻有为的少帅,要不是他,内忧外患根本无从解决。

"皇上,现在辽国势弱,确实不假。可我大宋经历了这场战争,更加虚弱了。辽国兵败,可实力还在,随时能够卷土重来,到那时候,我们抵抗都是难题,更何况攻打辽国呢?"寇准字正腔圆,一语道破王钦若话语里的症结所在,接着说,"现在辽国公主垂青于杨少将,已经在您的安排下结为夫妇。耶律公主是耶律隆绪的亲妹妹,我们更应该让这两位佳人的结合变成两国的联盟。"

"两国的联盟!皇上,寇大人想必是收了契丹人不少好处,竟然要跟敌人联盟,真是可笑!"王钦若还在垂死挣扎,如果这仗不打下去,他根本没有翻身的机会。

"寇卿说得有道理,"赵恒已经受够了王钦若的谗言,"你继

七、澶州之战

续说。"

"辽国既然也有求和之意,我们应该向其示好。在澶州西北数十里处,有一湖泊,称作澶渊,在那里我们与辽国会面,商讨和平之计。"

赵恒听罢,当即点头赞同。可跪在殿前的王钦若此时却起了杀心,不能让这个和平之计成功!

景德元年(1004)秋,赵恒亲自带着众将士来到了澶州,派杨延朗和耶律金娥回到耶律隆绪那里求和。他相信这是最好的安排,耶律隆绪也一定会按时出现在澶渊。

两个月后,果不其然,耶律隆绪带着一队人马,与杨延朗和耶律金娥来到澶渊,如期赴约。可这两国的君主并不知道,等待他们的竟然是一场阴谋。

赵恒和耶律隆绪在澶渊的一个小亭子里商量了许久,就在他们快要达成共识,订立澶渊之盟之际,一股大约四五千人的骑兵从西部赶来。

"这是什么意思?"耶律隆绪看到了远处的骑兵,明显穿着宋军的服装,而且气势汹汹,绝非善类。

赵恒也搞不清楚这是哪里来的军队,但想了想就明白了——有人要阻止澶渊之盟。杨嗣跑了过来,单腿跪地,道:"皇上,有一批人马杀过来了。"杨延朗怀里搂着已经有了身孕的耶律金娥,担心地望着这些骑兵的到来。

"哼,没想到我带着诚意而来,竟遭你们这等奸计!"耶律隆绪大怒,一脚踢翻了亭子里的小石桌。

第四卷 澶渊和盟

"请息怒,这些兵马并非朕所指派,定是有人从中作梗,要害我俩于此。这兵马来自西部,澶州在南面,驻扎的士兵根本难以注意到,看来是直接从西部过来的军队。"虽然赵恒没有说出,但基本能确定这是王钦若在西北的势力。

就在那军队将要杀到,宋辽和谈即将破裂之际,另一股骑兵杀到,骑马打先锋的正是寇准和他的两位先锋将军王青、章淦!一个女子不知何时走进了亭子,正是许久未见的萧挞雪,她微笑地看着这两股骑兵在眼前交锋。

骑在马上狂奔的寇准也向亭子里望了一眼,感激地看着这个给自己报信的人。如果没有她,大宋所有功业可能都将毁于贼人之手。他扬起了手中的龙渊宝剑,杀向前方。